Von E. Gambsch sind außerdem als Knaur-Taschenbücher erhältlich:

»Die 300 besten Ärzte-Witze« (Band 2768)
»Die 300 besten Polizisten-Witze« (Band 2769)
»Die 300 besten Beamten-Witze« (Band 2770)
»Die 300 besten Psychiater-Witze« (Band 2771)
»Die 300 besten Ehe-Witze« (Band 2772)
»Die 300 besten Männer-Witze« (Band 2779)
»Die 300 besten Autofahrer-Witze« (Band 2783)

Originalausgabe Juni 1990

Umschlaggestaltung Dietmar Grosse
Satz IBV Satz- und Datentechnik GmbH, Berlin
Druck und Bindung Ebner Ulm
Printed in Germany 5 4 3 2 1
ISBN 3-426-02782-8

E. Gambsch (Hrsg.): Die 300 besten Büro-Witze

Mit Karikaturen von Dietmar Grosse

Knaur®

Inhalt

»Wer keinen Humor hat, sollte hier nicht arbeiten!«

oder

Auf der Suche nach dem idealen Mitarbeiter

Pfeiffer muß seinen Arbeitsplatz wechseln und sitzt jetzt dem neuen Personalchef gegenüber. Der blättert befremdet in den Unterlagen, dann meint er: »Sie waren ja im letzten Monat bei drei verschiedenen Firmen…«
»So ist es«, bestätigt Pfeiffer richtig stolz, »man reißt sich um mich!«

*

Die junge Dame bewirbt sich als Sekretärin. Der Chef ist ganz angetan von der hübschen Person und fragt nach ihren Gehaltswünschen.
»Na, so zweitausendachthundert als Anfangsgehalt habe ich gedacht«, sagt sie.
»Aber mit Vergnügen!« meint der Chef.
Belehrt ihn die Bewerberin: »Mit Vergnügen kostet es mindestens dreitausendfünfhundert!«

*

»Dann wäre ja alles klar«, sagt der Personalchef. »Sie können am Montag bei uns mit der Arbeit anfangen. Bezahlt werden Sie nach Ihren Leistungen.«
»Tut mir leid.« Der junge Mann packt seine Papiere wieder ein. »Von den paar Mark kann ich leider nicht existieren.«

*

Der Personalchef ist immer noch nicht überzeugt von dem Bewerber, der vor ihm sitzt.
»Junger Mann«, fragt er eindringlich, »glauben Sie wirklich, daß Ihr Wissensstand ausreicht, um diesen Posten auszufüllen?«
»Ganz bestimmt«, versichert der Bewerber. »Beim letztenmal wurde ich entlassen, weil ich *zuviel* wußte.«

Der Chef prüft die Bewerberin. Er hat ihren handschriftlichen Lebenslauf vor sich liegen.
»Ihre Schrift ist ja ganz ordentlich. Können Sie auch stenografieren?« fragt er.
»Aber natürlich«, antwortet sie. »Nur dauert es etwas länger.«

*

Der Personalchef blättert in den Unterlagen.
»Wie lange waren Sie an Ihrem letzten Arbeitsplatz?« erkundigt er sich.
»Zwölf Jahre.«
»Und warum sind Sie dort weggegangen?«
Der Kandidat seufzt. »Ich wurde begnadigt.«

Es sagte der Personalchef:

»Wir suchen einen Mann mit Phantasie, einen Mann mit Tatkraft, Entschlossenheit und Feuer, einen Mann, der niemals aufgibt, der andere begeistert und mitreißt – kurz: Wir suchen einen Mann, der die Kegelmannschaft unserer Firma endlich vom letzten Platz wegbringt.«

Marion führt mit dem Personalchef ein Gespräch unter vier Augen und verspricht ihm: »Ich werde mich ganz sicher erkenntlich zeigen, wenn ich den Job als Chefsekretärin bekomme!«
»Ist ja interessant – und wie haben Sie sich das vorgestellt?« fragt hoffnungsvoll der Personalchef.
»Na«, meint sie lässig, »ich werde selbstverständlich Ihr Gehalt verdoppeln, sobald ich den Chef geheiratet habe...«

WIR SUCHEN EINEN STREBSAMEN, EHRGEIZIGEN JUNGEN MANN, DER KEINE ARBEIT SCHEUT UND NIE KRANK-FEIERT.
KEIN PROBLEM. STELLEN SIE MICH EIN. ICH HELF' IHNEN SUCHEN.

Der Personalchef zuckt bedauernd mit den Schultern und erklärt dem hoffnungsvollen Bewerber: »Tut mir leid, wir können Sie nicht einstellen. Wir haben im Augenblick einfach keine Arbeit für Sie.«
Meint der Bewerber lässig: »Ach, wissen Sie – das würde mich wirklich nicht stören.«

*

Ein Arbeitsloser hat bei Neckermann einen Job bekommen. Der Chef fragt: »Wie heißen Sie denn?«
»Grobusch, Herr Nickelmann.«
»Neckermann«, verbessert der Boß.
Nach drei Tagen: »Guten Morgen, Herr Nickelmann.«
»Neckermann! Wenn Sie sich den Namen nicht merken können, fliegen Sie raus.«
Nach acht Tagen: »Mahlzeit, Herr Nickelmann.«
»Jetzt reicht's mir!« brüllt der Chef. »Holen Sie sich Ihre Papiere.«
Zu Hause fragt die Ehefrau nach dem Kündigungsgrund.
»Ach«, sagt Grobusch, »derselbe Mist wie bei Qualle.«

Es fragte der Chef:

»Haben Sie irgendwelche schlechten Angewohnheiten? Rauchen, Unpünktlichkeit, Kaugummikauen, Keuschheit...?«

Die Bewerberin gibt sich betont sexy. Die Personalchefin betrachtet sie spöttisch und meint dann kühl:
»Damit werden Sie bei unserem Chef kein Glück haben. Sie hätten lieber Ihren Bruder schicken sollen!«

Der Personalchef fragt den Bewerber zum Abschluß des Gesprächs nach seinem Familienstand.
»Ich bin Junggeselle«, antwortet der junge Mann.
Der Personalchef steht sofort auf. »Dann ist leider nichts zu machen. Wir stellen nur Leute ein, die gewöhnt sind, sich unterzuordnen.«

*

»Wir brauchen für diesen Posten einen Mann mit überdurchschnittlichen Gaben«, sagt der Personalchef zum Bewerber.
Da trumpft dieser auf: »Dann bin ich genau der Richtige für Sie! Als ich vor drei Jahren als Vertreter einer Bootswerft in Afrika war, habe ich in der Sahara einen Segelclub gegründet!«

*

Der Bankdirektor sucht eine neue Sekretärin. Eine sehr hübsche junge Dame bewirbt sich. Sie kommt in die engere Wahl, der Direktor will selbst mit ihr reden.
»Haben Sie denn eine gewisse Vorstellung von Ihren Aufgaben hier?« fragt er etwas skeptisch.
»Nein«, sagt sie ehrlich, »aber ich mag Geld sehr gern.«

Es sagte der Personalchef:

»Unser Direktor legt großes Gewicht auf seine Sekretärinnen.«
»Ach, wie schwer ist er denn?«

»Es handelt sich um eine Dauerstellung«, sagt der Chef zu der blendend aussehenden Bewerberin um den Posten seiner Sekretärin. »Es sei denn, wir machen pleite, oder meine Frau sieht Sie...«

Eine ältere Bewerberin füllt im Personalbüro ihre Anstellungspapiere aus. Bei der Frage nach ihrem Alter zögert sie einige Zeit.
Schließlich beugt sich der Personalchef über den Schreibtisch und sagt: »Je länger Sie warten, desto schlimmer wird es...!«

*

»Hm«, der Chef räuspert sich am Ende des Einstellungsgesprächs. »Da wäre noch etwas. Es liegt mir daran, daß die Höhe Ihres Gehalts geheim bleibt. Ich darf wohl darauf vertrauen, daß Sie mit niemandem darüber reden.«
»Aber selbstverständlich«, verspricht der Bewerber, »ich schäme mich ja nicht weniger als Sie.«

*

Die äußerst attraktive Sekretärin stellt sich vor und schildert ausführlich ihre fachlichen Qualitäten.
Der Chef hört ihr geduldig zu und meint dann: »Ich bin auch ein ganz passabler Vorgesetzter – sehen Sie, hier ist das Zeugnis meiner letzten Sekretärin.«

Es sagte der Personalchef:

»Der Chef erzählt bisweilen einen Witz. Lautes Lachen hält er für plumpe Vertraulichkeit. Müdes Lächeln für Arroganz und Ernstbleiben für mangelnde Intelligenz. Richten Sie sich danach.«

Die junge Bewerberin ist sichtlich verlegen und hält dem Personalchef vor: »Eigentlich suche ich ja eine neue Stellung.«
Fragt er grinsend: »Ach, kannten Sie diese schon?«

KEIN PROBLEM, WENN SIE ABERGLÄUBISCH SIND, DANN LASSEN WIR DAS 13TE GEHALT EBEN WEG.

Der junge Mann steht recht selbstbewußt vor dem Personalchef. »So, Sie wollen bei uns arbeiten?« fragt der. »Was können Sie denn?«
»Nichts«, erklärt der Bewerber achselzuckend.
»Tut mir leid«, beendet der Personalchef das Gespräch, »die gutbezahlten Positionen sind bereits vergeben.«

*

Der Bewerber hat noch etwas auf dem Herzen. Er erklärt dem Personalchef: »Ich muß Ihnen gestehen, daß ich sehr abergläubisch bin.«
»Macht nichts«, meint der Personalchef unbeeindruckt, »dann streichen wir eben Ihr dreizehntes Monatsgehalt!«

*

Der junge Mann sitzt vor dem Personalchef.
»Sagen Sie«, erkundigt sich der, »haben Sie vielleicht eine Empfehlung Ihres früheren Arbeitgebers?«
»Selbstverständlich«, antwortet er, »aber nur eine mündliche.«
»So, und wie lautet die?«
»Er hat mir dringend empfohlen, mir einen anderen Job zu suchen.«

Es sagte die Bewerberin:

»Ich habe zwei Jahre Handelsschule, drei Semester Sekretärinnenschule, eine durchsichtige Bluse und keinen Slip an.«

Sagt die bildhübsche Bewerberin beim Einstellungsgespräch zum Personalchef der großen Exportfirma: »Also, ich kann kein Steno, ich kann auch nicht besonders gut Maschineschreiben – aber ich kann auch niemals nein sagen...«

»Der Mann, den wir einstellen, muß Verantwortungsgefühl haben«, sagt der Personalchef zu dem jungen Bewerber.
»Dann bin ich der richtige Mann für Sie«, antwortet der, »denn wenn bei meinen früheren Jobs etwas falsch lief, waren sich alle einig, daß ich dafür verantwortlich war.«

*

»Wir suchen einen Mann«, erklärt der Personalchef dem Bewerber, »der sich vor keiner Arbeit scheut und niemals krank wird.«
Der junge Mann betrachtet den Personalchef voller Mitgefühl und sagt: »Okay, Sie können mich einstellen – ich helfe Ihnen beim Suchen!«

*

Der Personalchef läßt die Sekretärin, die sich bei der Firma beworben hat, noch einmal zu sich kommen.
»Wissen Sie«, meint er, »Ihre Referenzen sind zwar recht gut, aber ich fürchte, Sie sind für den Job doch ein bißchen zu alt und unbeweglich.«
Fragt sie empört: »Wollen Sie jemanden, der auf der Schreibmaschine turnt oder auf ihr schreibt?«

Es sagte der Personalchef:

»Herr Direktor, Ihre Frau hat dafür gesorgt, daß Sie eine neue Sekretärin bekommen.«
»Nein, nein, eine alte.«

Der Direktor erklärt der jungen Bewerberin: »Ich brauche eine Sekretärin, die auch mal Hand anlegen und ein Ding geradebiegen kann.«
»Oh«, sie lächelt und schaut ihm tief in die Augen, »da sind Sie bei mir in den richtigen Händen!«

Beim Personalchef einer Firma stellt sich ein junger Mann vor. »Gestatten Sie, mein Name ist Friedrich Schiller.«
»Der Name kommt mir bekannt vor«, meint der Personalchef.
»Das ist gut möglich«, antwortet der Bewerber. »Bis letzte Woche habe ich in diesem Gebiet Brötchen ausgefahren.«

*

Die außerordentlich attraktive Sekretärin macht bei ihrer Bewerbung einen guten Eindruck. Aber der Chef ist vorsichtig. Er ruft bei ihrer alten Firma an.
»Sagen Sie bitte, wie lange hat Fräulein Karsten bei Ihnen gearbeitet?« fragt er.
»Bei mir«, gibt der Chef der alten Firma zur Antwort, »war sie drei Wochen.«
»Diese Lügnerin!« empört sich der neue Chef. »Mir hat sie gesagt: drei Jahre.«
»Ja«, stöhnt der andere, »so lange hat sie von mir Gehalt bekommen!«

WIESO GEFEUERT? – ICH DACHTE, SKLAVEN WERDEN VERKAUFT?
ANGESTELLTER FÜR DUMMIES®

»Entlassen? Ich dachte, Sklaven würden verkauft!«

oder

Einfach traumhaft, dieser Job

Montag morgen kommt Roland pfeifend ins Büro, küßt die Chefsekretärin und wirft die Akten in die Luft.
Als er dem Boß einen Kinnhaken verpassen will, hört er hinter sich eine Stimme: »Hör auf, Roland, ich hab' vergessen, den Lottoschein abzugeben!«

Es erklärte die Sekretärin:

»Unser Chefredakteur wird Ihnen gefallen – das ist bei uns so Vorschrift!«

»Meinen Glückwunsch, ich höre, Sie sind Vater geworden«, sagt der Chef zu seinem Angestellten. »Außerdem möchte ich Ihnen sagen: Wir haben über fünfhundert Mitarbeiter, und alle wußten von der Geburt des Kindes. Ich habe daher beschlossen, Sie ab sofort in die Werbeabteilung zu versetzen.«

*

Die Sektkorken knallen. In der Firma herrscht eine Bombenstimmung.
»Was ist denn hier los?« fragt der Chef mißbilligend.
Sagt ein Angestellter: »Der Computer hat sich geirrt und statt des Nettogehalts die Abzüge ausbezahlt!«

*

»Ich möchte gern die Einrichtung unseres Büros gegen Diebstahl versichern lassen«, erklärt der Direktor dem Versicherungsvertreter.
Der zieht seine Unterlagen aus der Aktentasche und fragt: »Sollen sämtliche Gegenstände versichert werden?«
»Alle bis auf die Uhr«, präzisiert der Direktor, »die läßt sowieso keiner aus den Augen.«

Der Chef hat noch eine letzte Unterredung mit seinem ausscheidenden Abteilungsleiter.
»Wissen Sie«, meint er schließlich, »in gewisser Weise tut es mir ja leid, Sie zu verlieren. Sie waren für mich wie ein Sohn. Unverschämt, mürrisch und undankbar.«

*

Die Sekretärinnen im Großraumbüro sind sich einig.
»Wenn der Chef wieder einen seiner zweideutigen Witze erzählt, verlassen wir geschlossen den Saal.«
Der Chef kommt rein und legt los: »Meine Damen, im Hafen hat ein Schiff angelegt. Die großen, kräftigen Matrosen gehen an Land. Einer schärfer als der andere ... Aber meine Damen, das Schiff bleibt doch noch zwei Wochen!«

*

»Na«, sagte die hübsche Sekretärin, als sie auf den Knien des Chefs saß, »wollen Sie wirklich immer noch alles durch einen Computer ersetzen lassen?«

*

Waiblinger schaut gähnend auf die Bürouhr und fragt seinen Kollegen: »Was gibt es denn heute in der Kantine?«
»UFOs«, erwidert der Kollege ohne Begeisterung.
»Was ist denn das?«
»Unidentifizierbare fleischähnliche Objekte.«

*

Die Sekretärin kommt tagein, tagaus mit großer Verspätung ins Büro. Eines Tages, als sie die Treppen heraufhetzt, begegnet sie ihrem Chef, der erstaunt auf seine Armbanduhr blickt.
»Das ist ja wirklich ein Rekord!« meint er anerkennend. »Also, so früh sind Sie noch nie zu spät gekommen!«

ES WAR DIE HÖLLE! DER COMPUTER WAR KAPUTT. ICH MUSSTE ALLES SELBST DENKEN!

»Kann ich bitte den Schlüssel für den Tresorraum haben?« fragt die Putzfrau den Bankdirektor. »Es ist immer so umständlich, wenn ich ihn zum Saubermachen mit meiner Haarnadel aufmachen muß.«

Es sagte der Programmierer:

»Kennen Sie den idealen Computer? – Man füttert ein Problem hinein, und es kommt nie wieder heraus.«

Der Direktor ruft seine Abteilungsleiter zusammen. Eine Weile später werden auch noch sämtliche Sachbearbeiter hinzugezogen, und schließlich holt man sogar den Lehrling.
»Hugo«, fragt ihn der Chef eindringlich, »hast du dich mit meiner Sekretärin eingelassen?«
Der Lehrling ist völlig entgeistert. »Ganz bestimmt nicht, Herr Direktor, Sie müssen mir glauben.«
»Na prima!« freut sich der Chef. »Dann wirst *du* ihr die Kündigung überreichen.«

*

»Jetzt beginnt ja nun Ihr Urlaub«, sagt der Abteilungsleiter. »Wohin wollen Sie denn fahren?«
»Meine Frau möchte in die Berge, und ich möchte an die See«, schildert der Angestellte die Urlaubssituation.
»Ach«, sagt der Abteilungsleiter, »und wohin werden Sie fahren?«
Da mustert der Angestellte seinen Vorgesetzten mißtrauisch und fragt: »Sie sind wohl nicht verheiratet?«

Der Firmenchef hat seine Belegschaft um sich versammelt. Die Ertragslage der Firma ist alles andere als rosig, und gewaltige Anstrengungen sind nötig.
»Wir sitzen alle in einem Boot!« appelliert der Firmenchef an seine Mitarbeiter.
»Mag ja sein«, murmelt der Lehrling, »aber leck ist leck.«

*

Der junge Werbeleiter kommt ganz aufgeregt ins Büro.
»Menschenskinder, auf dem Weg hierher habe ich ein einmalig tolles Mädchen gesehen! Das Herz blieb mir stehen«, berichtet er dramatisch.
»Bist du sicher?« fragt da ein Kollege. »Wirklich das Herz?«

Es sagte der Sachbearbeiter:

»Vor dem Zimmer meines Chefs gibt's jetzt einen Zebrastreifen.«
»Warum denn das?«
»Damit die Radfahrer die Kriecher nicht überfahren.«

Fragt ein Unternehmer den anderen: »Warum sind eigentlich Ihre Angestellten alle so überpünktlich? Da könnten sich meine Leute mal ein Beispiel dran nehmen.«
Der andere schmunzelt. »Das ist ziemlich einfach zu erklären. Ich habe für meine dreißig Mitarbeiter nur fünfundzwanzig Parkplätze gemietet.«

*

»Haben Sie schon wieder abgeschaltet?« fährt der Direktor seinen Buchhalter an.
»Nun ja«, erklärt der Buchhalter eifrig, »Energie sparen!«

Mit Trauermiene sagt der Chef zum Angestellten: »Es tut mir wirklich leid, daß Sie Ihre Stellung bei uns gekündigt haben.«
Etwas überrascht fragt der junge Mann: »Sie bedauern das?«
»Ja, natürlich!« versichert der Chef. »Einem so faulen und unverschämten Kerl wie Ihnen hätte ich schon am liebsten selbst gekündigt.«

*

»Was versteht man eigentlich unter einem Meinungsaustausch?« fragt Kirchberger gähnend und offensichtlich zu müde, um sich selbst etwas einfallen zu lassen, seinen Kollegen.
Brummt der: »Meinungsaustausch ist, wenn ich mit meiner Meinung zum Chef hineingehe und mit seiner Meinung wieder herauskomme.«

*

Im Kleinstbetrieb Hillmann und Schneider sind ein halbes Dutzend EDV-Leute damit beschäftigt, einen Computer zu installieren.
Kopfschüttelnd schaut Hillmann auf die Unmengen Kabel, Drähte und Schaltelemente. »Unglaublich«, meint er schließlich, »was alles dazugehört, einen Idioten wie den Schneider zu ersetzen!«

*

Gespräch unter Kollegen.
»Haben Sie für dieses Jahr schon Urlaubspläne geschmiedet?«
Der andere seufzt. »Nein, aber das erübrigt sich auch. Die Familie sagt mir, wohin wir fahren, der Chef sagt, wann wir fahren, und meine Bank sagt mir, wie lange wir bleiben können.«

Der Angestellte erhält sein Kündigungsschreiben im Zuge der allgemeinen Rationalisierung.
Sie sind eine große Stütze für unsere Firma. Wir wissen wirklich nicht, wie wir es ohne Sie schaffen sollen. Aber ab nächsten Ersten wollen wir es versuchen ...

Es fragte der kleine Sohn:

»Vati, was ist eigentlich ein Chef?«
»Das ist ein Mann, mein Sohn, der morgens pünktlich im Büro ist, wenn ich mich verspäte, und der zu spät kommt, wenn ich mal pünktlich bin.«

Der Chef tobt. »Krause, Sie haben noch nie Ihr vorgeschriebenes Arbeitspensum geschafft, und seit neuestem kommen Sie auch noch zu spät zur Arbeit. Das geht zu weit! Sie sind entlassen!«
Meint der Gefeuerte erstaunt: »Entlassen? Ich dachte immer, Sklaven würden verkauft!«

*

Im Büro hat es eine tolle Weihnachtsparty gegeben. Als Eichhofer am nächsten Tag so gegen Mittag mit brummendem Schädel zu Hause aufwacht, erinnert er sich noch vage an einen Streit mit seinem Chef.
»Was war denn da bloß?« fragt er seine Frau.
»Ach Gott«, antwortet sie, »du hast zu ihm gesagt, er könne sich zum Teufel scheren.«
»Und dann?«
»Hat er dich gefeuert.«
»Der Kerl kann mich mal!« schnaubt Eichhofer.
»Siehst du«, sagt die schnucklige Ehefrau, »das habe ich auch zu ihm gesagt, und jetzt hast du deinen Job wieder.«

»Sagen Sie mal, Lehmann«, ruft der Direktor aufgeregt den Buchhalter in sein Büro. »Wo steckt eigentlich der neue Kassierer?«
Erklärt der Buchhalter: »Entweder auf der Pferderennbahn oder im Spielkasino, Herr Direktor.«
»Was? Während der Bürozeit?«
»Hm, ja.« Der Buchhalter wirft einen schiefen Blick auf seinen Chef. »Das ist schließlich die einzige Möglichkeit, die Bücher wieder in Ordnung zu bringen!«

*

Bei der Betriebsfeier wird Paul von einem Kollegen gefragt: »Hör mal, hast du eigentlich Aktfotos von deiner Frau?«
Paul ist empört. »Na, hör mal...!«
Flüstert ihm der Kollege vertraulich ins Ohr: »Willst du welche?«

Es sagte der Chef:

»Liebe Mitarbeiter, viele von Ihnen verstehen offensichtlich unter Sozialleistung, daß die Firma alles unternimmt, damit Sie abends nicht so müde nach Hause gehen, wie Sie morgens ins Büro gekommen sind.«

Kiefner ist zum erstenmal beim Chef zum Abendessen eingeladen und schon ziemlich beschwipst. Verzweifelt versucht er, sich nichts anmerken zu lassen.
Als ihm nach dem Essen die Zwillinge des Chefs vorgestellt werden, ruft er: »Das ist aber wirklich ein ganz zauberhaftes Kind!«

Der Chef nimmt sich nach sechs Wochen den neuen Mitarbeiter vor.
»Wie schaffen Sie es eigentlich«, fragt er restlos verärgert, »an einem einzigen Tag so viel falsch zu machen?«
Erklärt der Neue: »Ich stehe eben früh auf, Herr Direktor.«

*

Der Chef hat eine Aktennotiz diktiert.
»So«, sagt er anschließend zu seiner Sekretärin, »und nun das Blatt in die Mappe ›streng vertraulich‹ und unauffällig draußen liegenlassen! Ich möchte, daß jeder im Büro die Sache liest.«

Es fragte der Nachbar:

»Seit wann arbeiten Sie eigentlich bei dieser Firma?«
»Seit der Chef mir gedroht hat, andernfalls werde er mich rausschmeißen.«

Zwei Freunde sitzen abends beim Bier zusammen.
»Wie ist denn die Geschichte ausgegangen, nachdem du deinen Chef so angeschnauzt hast?« fragt der eine.
»Er ist ein ganz anderer Mensch geworden.«
»Und du?«
»Ich? Ich bin jetzt in einer anderen Firma beschäftigt.«

*

»Heberling«, sagt der Chef zum Angestellten, »Sie sind das beste Pferd im Stall.« Heberling reckt sich schon stolz in die Höhe, doch der Chef fährt fort: »Sie machen den meisten Mist im Betrieb!«

»Mein Mann lernt jetzt das Flaggenalphabet.«
»Ach, will er seine Pilotenprüfung machen?«
»Nein, er arbeitet neuerdings in einem Großraumbüro.«

*

Wurmsmüller ist immer der erste im Büro. Lobt ihn sein Chef eines Tages: »Sie sind der einzige in der Firma, der seit Jahren pünktlich zur Arbeit kommt.«
Meint Wurmsmüller bescheiden: »Das liegt nur daran, daß meine Frau einen so fabelhaften Trick hat, mich zu wecken.«
»Und wie macht sie das?«
»Ganz einfach, sie wirft immer die Katze auf mein Bett.«
»Und davon wachen Sie auf?«
»Natürlich. Neben mir schläft der Hund.«

*

Endlich mal eine erfreuliche Meldung.
»Wir haben in unserem Büro die Viertagewoche eingeführt.«
»Donnerwetter, habt ihr aber einen großzügigen Chef.«
»Ach, der weiß es noch gar nicht...«

*

Ein nicht sehr beliebter Abteilungsleiter ist versetzt worden. Kurz vor seinem Ausscheiden geht er noch einmal durchs Büro und bemerkt einen Lehrling, der gerade einen Haufen Geld zählt.
»Was ist denn das?« fragt der Abteilungsleiter.
»Wir haben zusammengelegt, um Ihren Abschied zu feiern!« Der Lehrling strahlt ihn an.
Der Abteilungsleiter ist überrascht. »Oh, wie nett. Und wann soll das Fest steigen?«
Meint der Lehrling treuherzig: »Sobald Sie weg sind.«

WEISST DU, WARUM DIE CHEFSEKRETÄRINNEN CHEFSEKRETÄRIN HEISSEN?
NEIN.
WEIL SIE GLAUBEN, SIE SEIEN DIE CHEFS.

Beim Frühstück fragt die Ehefrau: »Wie war denn nun eigentlich der gesellige Abend bei eurem Chef?«
»Na ja«, meint ihr Mann achselzuckend, »zunächst ging's ziemlich steif zu. Aber dann, als Kollege Reisacher in die antike Standuhr kletterte, um nach einem Taxi zu telefonieren, da kam doch noch etwas Stimmung auf.«

Es empörte sich der Chef:

»Hören Sie mal! Seit vier Jahren sind Sie bei mir als Buchhalter angestellt. Sie stehlen wie eine Elster, mit meiner Frau haben Sie ein Verhältnis, und meine Tochter bekommt ein Baby von Ihnen. Sollte jetzt noch die geringste Kleinigkeit vorkommen, schmeiße ich Sie raus!«

Der junge Mann ist dem Geschäftspartner gleich aufgefallen.
»Wer ist denn das?« fragt er den Firmeninhaber.
»Das ist unser neuer Betriebsorganisator«, erwidert der Chef. »Er besteht zunächst einmal auf Sparmaßnahmen. Der Kerl ist so sparsam, sage ich dir, daß er an der Drehtür jedesmal wartet, bis vier Leute beisammen sind, wenn er rausgehen will!«

*

Der Chef betrachtet seinen jungen Angestellten mit finsteren Blicken.
»Glauben Sie an eine Auferstehung nach dem Tode?« fragt er ihn schließlich drohend.
»Ich weiß nicht«, sagt der junge Mann, »warum wollen Sie das wissen?«
Bellt der Chef: »Weil Ihr Großvater, zu dessen Beerdigung Sie gestern frei bekamen, Sie am Telefon verlangt!«

Betriebsversammlung. Der Chef hält eine Rede. Endlich kommt er zum Schluß.
»Und Sie können sich darauf verlassen, liebe Mitarbeiter, daß Sie niemals durch Automaten ersetzt werden. Schließlich gibt es auf der ganzen Welt noch keinen Computer, der die Sekretärin küßt, mit ihr für eine Stunde im Lager verschwindet oder überhaupt nichts tut.«

*

Der Ehemann fährt unerwartet in der Mittagspause nach Hause. Durch die offene Schlafzimmertür sieht er seinen Chef mit seiner Frau im Bett. Schleunigst schleicht er sich wieder hinaus und fährt in die Firma.
Ganz bleich erzählt er seinem Kollegen: »Stell dir vor, liegt der Chef doch mit meiner Frau im Bett und hat keine Ahnung, daß er mich beinahe in der Mittagspause erwischt hätte!«

Es sagte der Angestellte:

»Ich möchte ja gerne das Geheimnis des Erfolgs kennenlernen; ich fürchte nur, es hängt irgendwie mit Arbeit zusammen...«

Retzbach fährt zusammen. Er hat gar nicht gemerkt, daß der Chef neben seinem Schreibtisch aufgetaucht ist.
»Retzbach«, die Stimme des Chefs klingt sehr verärgert, »Sie schauen jetzt seit genau zehn Minuten dieser Fliege zu. Haben Sie noch keine Fliege gesehen?«
»Doch, natürlich«, antwortet Retzbach, »aber im Büro macht man sich über diese Tiere doch wesentlich mehr Gedanken als zu Hause.«

»Habe ich mir's doch gedacht! Der Chef hat mal wieder seine Sekretärin mit zu der Tagung genommen«, sagt Mosler vielsagend zu seinem Kollegen.
Meint der kopfschüttelnd: »Typisch. Der findet doch immer wieder 'ne Dumme, die sich an den Benzinkosten beteiligt!«

*

Weber kommt mit offener Hose ins Büro.
»Sie haben wohl nicht alle!« knurrt sein Chef. »Wollen Sie nicht vielleicht Ihre Hose zumachen?«
»Kommt gar nicht in Frage«, erklärt Weber. »Gestern hat er mich blamiert – heute blamiere ich ihn...«

*

Kirchberger kommt sichtlich schlecht gelaunt aus dem Urlaub ins Büro zurück.
Seine Kollegen fragen ihn: »Na, wie war's denn?«
Kirchberger macht eine abfällige Handbewegung. »Hört bloß auf!« erwidert er giftig. »Meine Frau wurde zur Schönheitskönigin gewählt, da könnt ihr euch ja wohl vorstellen, was das dort für ein Kaff war!«

*

Die beiden Kollegen sitzen nicht gerade in Höchstform auf ihren Bürostühlen. Der eine greift sich immer wieder stöhnend an den Kopf und sagt: »Gestern auf dem Betriebsfest habe ich wirklich einen fürchterlichen Rausch gehabt. Grauenvoll! So etwas möchte ich nicht noch mal erleben.«
»Ist dir so übel geworden?« erkundigt sich der andere.
»Das nicht, aber zuletzt habe ich den Chef ständig doppelt gesehen!«

Der neue Angestellte hat der Chefin unter den Rock gefaßt.
»Sind Sie verrückt geworden?« faucht sie ihn an.
»Aber wieso?« rechtfertigt er sich. »Sie sagten doch, ich müsse mich von unten hocharbeiten, wenn ich bei Ihnen etwas werden wolle!«

*

Buchhalter Knispel hat geheiratet. Am nächsten Tag nehmen ihn seine Kollegen aus der Buchhaltung mächtig auf den Arm und wollen ganz genau wissen, wie es in der Hochzeitsnacht war.
Sagt Knispel schließlich: »Wenn ihr's genau wissen wollt – es war eine wundervolle Eröffnungsbilanz!«

*

»Sie waren während der Arbeitszeit betrunken«, donnert der Personalchef. »Bevor ich Ihnen die fristlose Kündigung ausspreche, möchte ich Ihnen noch einmal Gelegenheit geben, etwas zu Ihrer Rechtfertigung zu sagen. Sie haben also das letzte Wort.«
»Schade«, seufzt Landthaler, »da hab' ich nun mal die Gelegenheit, und nun ist meine Frau nicht dabei!«

Es sagte die Ehefrau:

»Mein Mann hat jetzt Prokura.«
»Oje, und was sagt der Arzt dazu?«

Der Besucher schaut nachdenklich auf den Schreibtisch und fragt schließlich: »Was ist das für ein aparter Briefbeschwerer auf Ihrem Schreibtisch?«
»Das ist das erste selbstgebackene Roggenbrötchen meiner Frau.«

Zwei Stammtischbrüder sind über ihren Gläsern ins Philosophieren geraten.
»Weißt du, weshalb der Büroschlaf so beliebt ist, Otto?« fragt der eine.
»Keine Ahnung.«
»Weil das Büro der einzige Ort auf der Welt ist, wo man für das Schlafen auch noch bezahlt wird!«

*

»Ich kündige!« verkündet die bildhübsche Sekretärin dem Portier der Firma.
Sagt der bedauernd: »Schade, Fräulein Brunner, da wird mir etwas fehlen, denn die nächste Sekretärin ist bestimmt nicht so hübsch wie Sie.«
Die junge Dame lächelt verheißungsvoll und sagt: »Darauf können Sie sich verlassen! Ich heirate nämlich den Chef!«

*

Der Chef besucht seinen Angestellten im Krankenhaus.
»Herr Direktor, es tut mir ja so leid, daß meine Arbeit jetzt ein anderer machen muß«, versichert der Angestellte seinem Besucher.
»Das wäre ja nicht so schlimm«, meint der Chef, »aber bitte, verraten Sie mir doch mal, *was* Sie eigentlich bei uns machen ...«

*

Kollegentratsch.
»Haben Sie schon gehört, Bolle hat Fräulein Mertens geheiratet.«
»Ja, ich habe es gehört. Und voriges Jahr hat nicht viel gefehlt, und ich hätte sie geheiratet.«
»Oh, und darf man fragen, wieviel gefehlt hat?«

Der Angestellte kommt mit einer Bitte zum Chef. »Herr Direktor, darf ich heute drei Stunden früher gehen? Meine Frau will mit mir einkaufen.«
Der Chef zeigt keinerlei Verständnis für ein solches Ansinnen und lehnt kategorisch ab. »Kommt gar nicht in Frage!«
Der Angestellte seufzt erleichtert. »Danke, Herr Direktor, ich wußte doch, daß Sie mich nicht im Stich lassen werden!«

*

Möllner hat geheiratet. Der Chef gratuliert ihm.
»Ich höre, Sie haben geheiratet. Herzlichen Glückwunsch!«
»Danke«, meint Möllner, »ich werde es ausrichten.«

Es sagte der Kollege:

»Unser Lehrjunge behauptet steif und fest, unseren Chef schon mal auf Ibiza gesehen zu haben.«
»Ibiza? Ist das die kleine Schwarze vom Lager?«

Dem Chef platzt der Kragen, und er faucht seinen jungen Buchhalter an: »Verdammt noch mal, bringen Sie eigentlich auch mal was zustande, was Hand und Fuß hat?«
Seufzt der junge Mann: »Nicht, solange Ihre Tochter die Pille nimmt!«

*

»Das sehe ich gern, Herr Krenz«, sagt der Chef, »so fleißig und interessiert...«
»Ja, Herr Direktor, ich gebe mir viel Mühe«, erwidert artig der Angestellte, »ich bereite meine Urlaubsreise vor.«

In der S-Bahn sind zwei Männer ins Gespräch miteinander gekommen.
»Mein Hobby ist das Aquarium. Ich kann stundenlang diese wundervollen Fische beobachten.«
»Und was sagt Ihre Frau dazu?«
»Ach, die interessiert sich überhaupt nicht dafür, was ich den ganzen Tag im Büro mache...«

*

Wütend schreitet der Chef durch die Gänge seiner Büroetage. Sein Gesichtsausdruck verheißt nichts Gutes.
»Nolte«, wettert er los, »was haben Sie da wieder verbockt! Natürlich haben Sie sich wieder einmal nicht nach meiner Anweisung gerichtet. Sie dachten wohl, der Chef kann mir mal den Buckel...«
Darauf murmelt Nolte bescheiden: »So hoch hinauf habe ich es mir eigentlich nicht vorgestellt!«

*

Der neue Buchhalter sieht sich in seinem Büro um und fragt den Chef: »Warum hängen denn da Handschellen an der Wand?«
»Ja, sehen Sie«, meint der Chef tiefsinnig, »ich möchte, daß Sie sich stets über die Karriere Ihres Vorgängers im klaren sind!«

*

Es geht doch nichts über einfallsreiche Mitarbeiter.
»Herr Direktor, ich habe eine Idee, durch die unsere Firma fünfzigtausend Mark jährlich sparen kann«, verkündet der Abteilungsleiter voller Stolz.
»Aber Baumann«, erwidert der Direktor, »Sie wollen doch nicht etwa kündigen?«

Erschöpft kommt der Ehemann nach Hause.
»Das war ein schrecklicher Tag«, stöhnt er und läßt sich in einen Sessel fallen. »Der Computer war kaputt. Wir mußten selber denken!«

*

Die Sekretärin erkundigt sich behutsam beim Chef: »Wie soll ich das Geld verbuchen, mit dem unser Bote durchgebrannt ist?«
Knurrt der Chef: »Unter laufende Ausgaben natürlich!«

»Rücken Sie näher, der Brief ist streng vertraulich!«

oder

Sekretärin auch tagsüber gesucht

Der Chef ist beim Diktat.
»Also, schreiben Sie: Anrede wie immer, übliche Einleitung, dann, Ihr Schreiben vom Soundsovielten haben wir dankend und so weiter. Leider sind wir im Augenblick nicht in der Lage, bla, bla, bla, wir hoffen aber dennoch pi, pa, po. Schluß wie gehabt. Und jetzt lesen Sie mir das Ganze noch einmal vor.«

Es stand in der Anzeige:

Sekretärin
auch
tagsüber
gesucht.

»Wie sind Sie denn mit Ihrer neuen Sekretärin zufrieden?« erkundigt sich der Geschäftsfreund.
»Wir kommen überhaupt nicht mehr ohne sie aus«, versichert der Vertriebschef.
»Na so was. Ist sie wirklich so tüchtig?«
»Nein, aber sie hat in den zwei Monaten, die sie nun bei uns ist, so ein Chaos im Büro angerichtet, daß keiner außer ihr mehr durchfindet!«

*

Der Manager hat eine entzückende Sekretärin eingestellt. Nach einer Woche lobt er sie: »Ihre Briefe werden von Tag zu Tag besser.«
Das süße Ding beginnt zu strahlen. »Wirklich, Herr Doktor?«
»Ja«, antwortet er und blickt ihr tief in die Augen. »Bald wird der Tag kommen, an dem wir den ersten wegschicken können.«

»Sie sind hoffentlich nicht schwatzhaft?« fragt Lehmann seine neue Sekretärin.
»Aber nein, Herr Direktor«, versichert sie treuherzig. »Sehen Sie hier mein Sparbuch: dreißigtausend Mark – und alles Schweigegelder.«

*

Die beiden Kolleginnen betrachten die auffallend hübsche neue Sekretärin verstohlen von der Seite.
Flüstert die eine der anderen zu: »Eigentlich schade. Nun haben wir wieder niemanden zum Maschineschreiben!«

Es sagte der Chef:

»Hören Sie, mit Ihrer Arbeit sind Sie um drei Wochen zurück und mit Ihren Kaffeepausen drei Monate voraus!«

Zwei Putzfrauen leeren die Papierkörbe der neuen Chefsekretärin.
»Nun sieh dir das an!« meint die eine und zieht jede Menge von angefangenen Briefen hervor. »Jedes zweite Wort ist vertippt, Fehler über Fehler – muß die 'ne Figur haben!«

*

»Haben Sie heute abend Zeit?« fragt der Werbeleiter seine neue Sekretärin.
Sie errötet und haucht ein erwartungsvolles »Ja«.
»Gut«, meint er trocken, »dann werfen Sie doch zu Hause mal einen Blick in dieses Buch, es ist der Rechtschreib-Duden.«

»Sie schreiben ja wie der Blitz«, sagt der Manager zu seiner Sekretärin.
»Oh, wirklich?« erwidert sie geschmeichelt.
»Ja, der schlägt auch nur ab und zu ein!«

*

»Sicher, Chef«, räumt der Assistent der Geschäftsleitung ein, »Fräulein Wunderlich hat nicht viel Grips in ihrem Oberstübchen. Aber berücksichtigen Sie doch, was für eine fabelhafte Treppe zu diesem Oberstübchen hinaufführt!«

*

Die Sekretärin ist völlig unkonzentriert, und der Chef wird immer ungehaltener.
»Was ist nur in Sie gefahren, daß Sie heute zu nichts zu gebrauchen sind?« fragt er sie ärgerlich.
»Mein Mann«, flüstert sie errötend, »die ganze Nacht!«

Es sagte der Berufsberater:

»Für eine karrierebewußte Sekretärin kommt es im Büro weniger darauf an, sich den Aufstieg zu erkämpfen, als allen Widerstand aufzugeben ...«

Direktor Bauer diktiert seiner neuen Sekretärin einen eiligen Brief. Am Schluß fragt er: »Sind Sie auch mitgekommen, Fräulein Bergner?«
»Ja, so leidlich, Herr Direktor«, meint sie. »Aber vielleicht könnten Sie mir noch einmal sagen, was zwischen ›Sehr geehrter Herr‹ und ›Hochachtungsvoll‹ stehen soll?«

Der Chef lehnt sich nach dem Diktat im Sessel zurück und sagt erwartungsvoll: »Bitte noch mal vorlesen, ich bin gespannt auf Ihre Version.«

*

Die langbeinige Blondine schaut von einem Paar Schuhe zum anderen, dann versichert sie dem Verkäufer: »Farbe und Form sind mir ziemlich gleichgültig – die Schuhe müssen nur ganz flach sein.«
»Zu welcher Gelegenheit möchten Sie sie denn tragen?« erkundigt sich der Verkäufer.
»Zu einem kleinen, dicken Chef.«

*

Wütend schaut der Büroleiter auf den Brief in seiner Unterschriftenmappe und dann zu seiner Sekretärin hinüber.
»Fräulein Meier, hier schreiben Sie das Wort Thermometer einmal mit einem th und das nächstemal mit einem t. Vielleicht können Sie sich für eines von beidem entscheiden!«
Fräulein Meier wird rot und schaut ratlos ihren Chef an. »Welches soll ich denn nun ausbessern?«
Brüllt der Chef wütend: »Das falsche natürlich, Sie unfähige Person!«

*

Der Direktor hat Besuch. Die Sekretärin kommt herein. Der Busen, die Augen, die Haare – der Geschäftsfreund ist hingerissen.
»Bezaubernd, bezaubernd«, flüstert er.
»Und absolut verschwiegen und zuverlässig«, ergänzt der Chef. »Sie versteht nicht, was ich diktiere. Und dann vergißt sie auch, was sie geschrieben hat.«

...MEINE SEKRETÄRIN VERSTEHT MICH NICHT...

»Es ist mir aufgefallen, daß Sie sehr schnell rechnen können, Fräulein Moser.«
»Vielen Dank, Herr Direktor.«
»Also, dann rechnen Sie mal mit heute abend...«
»Damit habe ich schon gestern gerechnet...«

*

Der Manager ist restlos verärgert. Mittags beim Essen fragt ihn ein Geschäftsfreund: »Na, Sie machen ja ein Gesicht, als hätten Sie gerade Konkurs anmelden müssen. Was ist denn passiert?«
»Meine Sekretärin hat gekündigt.«
»Warum denn?«
»Sie hat mich erwischt, als ich meine Frau küßte.«

*

Der Abteilungsleiter schaut sorgenvoll auf den überladenen Schreibtisch.
»Hier haben wir noch einen ganzen Stapel liegengebliebener Post aufzuarbeiten«, sagt er zu seiner Sekretärin. »Das ist bestimmt Arbeit für Wochen. Was werden Sie zuerst schreiben?«
Erklärt sie ganz souverän: »Meine Kündigung.«

*

Zwei Freundinnen treffen sich nach langer Zeit wieder. Sagt die eine: »Mensch, dich sieht man ja überhaupt nicht mehr.«
Stöhnt die andere: »Ich muß arbeiten wie ein Pferd, und abends bin ich dann immer müde wie ein Hund. Mein Chef nennt mich nur noch fleißiges Bienchen.«
Rät die Freundin: »Dann solltest du mal zum Tierarzt gehen. Vielleicht bist du ein Kamel!«

Die Sekretärin kommt in das Zimmer ihres Chefs und erklärt: »Herr Direktor, ich habe eine neue Stellung.«
Der Direktor schaut von seinem Schreibtisch hoch und meint erfreut: »Prima, schließen Sie die Tür ab.«

Es fragte die Kollegin:

»Wie lange warst du eigentlich mit deinem Chef zusammen?«
»Ach, nur zwei Scheckbücher lang!«

Der Abteilungsleiter unterschreibt seine Post.
»Sagen Sie mal«, fragt er die neu angestellte Sekretärin, »schreiben Sie ›physikalisch‹ immer mit f?«
»Oh, Entschuldigung«, sie ist ganz verlegen, »aber bei meiner Maschine klemmt das v.«

*

»Und warum wollen Sie nun doch nicht das Büro im vierten Stock mieten?« fragt der Hausbesitzer den Firmenchef. »Sie waren doch ganz begeistert davon.«
»Ja, tut mir leid. Ich habe meine Meinung auch nicht geändert«, versichert der Firmenchef. »Aber meiner Sekretärin gefallen die Räume nicht. Und ich finde leichter ein anderes Büro als eine andere Sekretärin.«

*

Der Chef mustert beim Diktat seine neue Sekretärin mit finsterer Miene und fragt: »Können Sie eigentlich nicht stenografieren, Fräulein Müller?«
»O doch«, sie lächelt entwaffnend, »aber ich schreibe mir immer alles erst einmal normal vor.«

Die Sekretärin im Vorzimmer ist zum Diktat gerufen worden. Der Chef sagt: »Rücken Sie etwas näher, Fräulein Bergner, der Brief ist streng vertraulich!«

Es sagte die Sekretärin:

»Erstens glauben Sie, daß Sie mit Geld alles erreichen, und zweitens haben Sie recht...«

»Was tun Sie hier eigentlich den ganzen Tag lang?« erkundigt sich der Boß mit gerunzelter Stirn bei seiner Sekretärin.
»Nichts weiter«, erklärt sie in aller Unschuld.
»Nichts? Das geht aber wirklich nicht, Fräulein Brandner. Da müssen Sie sich schon eine andere Stellung suchen. Hier bin nämlich ich derjenige, der nichts tut.«

*

Wohlgefällig sieht der Geschäftsfreund der hübschen neuen Sekretärin nach.
»Wie bist du eigentlich mit diesem netten Käfer zufrieden?« fragt er.
»Na, nicht so sehr«, seufzt der Bankier. »Sie schreibt zweihundert Fehler in der Minute...«

*

Die Sekretärin will heiraten, und der Chef verabschiedet sie.
»Da werden Sie es ja in Zukunft viel angenehmer haben als bei uns«, sagt er leutselig.
»Ja«, freut sie sich, »und auch viel öfter!«

»Chef«, fragt die neue Sekretärin während des Diktats, »schreibt man Komma mit einem oder mit zwei m?«

*

Der Chef lobt seine Sekretärin: »Jetzt sind Sie schon drei Jahre bei mir, Petra. Ich weiß gar nicht mehr, was ich ohne Sie anfangen sollte.«
Die junge Dame wirft einen Blick zu ihm hinüber und meint schnippisch: »Dann denken Sie doch einmal darüber nach, was Sie *mit* mir anfangen könnten.«

*

»Während unserer Geschäftsreise nach Ägypten wollte ich mit dem Chef auch einen Ausritt zu den Pyramiden machen«, erzählt die junge Sekretärin. »Aber stellt euch vor, das Kamel war doch nicht dazu zu bewegen, aufzustehen.«
»Jaja«, seufzt der Buchhalter, »unser Chef ist ja auch schon über fünfzig!«

Es sagte der Personalchef:

»Die meisten Sekretärinnen werden nicht wegen der Dummheiten, die sie begangen haben, entlassen, sondern wegen der Dummheiten, die sie unterlassen haben.«

Die Sekretärin hat jetzt endgültig genug.
»Herr Direktor«, sagt sie zum Chef, »alles muß seine Grenzen haben.«
Erwidert er unwirsch: »Ja, auch Ihr Widerstand!«

Die beiden Freundinnen haben sich in der Mittagspause getroffen.
»Wie ist denn dein neuer Chef?« erkundigt sich die eine.
Die Freundin zuckt mit den Schultern. »Na, ich weiß nicht. Der Mann muß schrecklich nervös sein. Kaum betritt er morgens das Büro, fängt er an zu arbeiten.«

*

»Damals, in der Sommerfestnacht vor sechs Jahren«, erzählt eine Sekretärin der anderen, »hat mich der Chef gebeten, ein Betriebsgeheimnis wirklich für mich zu behalten.«
»Und?« fragt die Kollegin wißbegierig.
»Nächste Woche wird es eingeschult!«

*

Der Chef ist überhaupt nicht zufrieden.
»Schreiben Sie diesen Brief noch mal, Sie großer weißer Vogel«, verlangt er von seiner Sekretärin, »aber diesmal ohne Fehler.«
Als sie draußen ist, fragt ein Besucher: »Warum haben Sie sie denn großer weißer Vogel genannt?«
»Weil ich Ärger mit dem Betriebsrat bekomme, wenn ich blöde Gans zu ihr sage.«

Es fragte der Quizmaster:

»Warum heißt die Chefsekretärin Chefsekretärin? – Weil sie häufig glaubt, sie sei der Chef.«

Der Direktor streichelt seiner Sekretärin gedankenverloren über den Busen und murmelt: »Ach, Fräulein Margot, wenn Sie doch nur halb soviel im Kopf hätten!«

SIE SIND EINE GROSSE STÜTZE FÜR UNSERE FIRMA. WIR WISSEN NICHT, WIE WIR ES OHNE SIE SCHAFFEN KÖNNEN. TROTZDEM, AB NÄCHSTEN MONAT PROBIEREN WIR ES...

Die Redaktionssekretärin hat gekündigt. Die Kollegen sind bestürzt. Alle Versuche, sie zur Rücknahme der Kündigung zu bewegen, scheitern. Selbst eine saftige Gehaltserhöhung kann sie nicht umstimmen.
Ein paar Monate vergehen. Eines Tages trifft der Chefredakteur die ehemalige Sekretärin auf der Straße: Pelzmantel, schicke Kleider, mit erlesenem Schmuck behangen.
»Wie haben Sie denn das geschafft?« fragt der Chefredakteur. »Sie müssen ja jetzt einen sagenhaften Job haben.«
Darauf die Sekretärin: »Mein lieber Herr Chefredakteur, ich verdiene jetzt mit einer Spalte mehr, als Sie mit Ihrem vierspaltigen Leitartikel.«

*

Der Manager seufzt. »Ich mußte die neue Sekretärin gleich wieder entlassen.«
»Hatte sie keine Erfahrung?« fragt der Geschäftspartner.
»Nicht die geringste. Ich sagte ihr, sie solle sich setzen, und sie sah sich nach einem Stuhl um!«

Es gestand der Chef:

»Das beste beim Diktieren ist, daß man Worte verwenden kann, von denen man keinen blassen Dunst hat, wie sie geschrieben werden.«

Die junge Sekretärin sitzt mit kriegerisch funkelnden Augen an ihrer Schreibmaschine.
»Ich weiß ja, daß Sie Angst vor Industriespionage haben«, sagt sie zu ihrem Chef, »aber es wäre doch nett, wenn Sie nicht fünfmal pro Tag in meinem Büstenhalter nach einer versteckten Kamera suchten!«

Mit zerdrückter Bluse kommt die junge Sekretärin aus dem Zimmer des Chefs und sagt zu ihrer Kollegin: »Beate, du kannst mir gratulieren. Ich bin soeben die rechte Hand vom Alten geworden!«

*

Unwillig blickt der Bankier seine Sekretärin an.
»Mir kommt es wirklich so vor, als verschwendeten Sie zuviel Zeit für Ihr Äußeres«, moniert er.
Die junge Dame antwortet kühl: »Ich glaube, daß diese Verschwendung sich gelohnt hat. Schließlich arbeite ich erst seit drei Monaten bei Ihnen und bin doch schon mit Ihrem Sohn verlobt!«

Es sagte der Chef:

»Und machen Sie lieber einen Durchschlag mehr, falls Sie sich mal vertippen ...«

Im Büro sagt Birgit zu ihrer neuen Kollegin: »Weißt du noch? Als du hier anfingst, sagte ich, daß wir alle den Chef lieben. Nun – heute bist du dran!«

*

Charlotte, die Sekretärin, hat gekündigt. Entsetzt fragt sie der Firmenchef: »Warum wollen Sie uns denn verlassen?«
Erklärt Charlotte fröhlich: »Ich habe eine wirklich verlokkende Stellung gefunden.«
Donnert der Boß: »Und da findet sich unter meinen Abteilungsleitern keiner, der sie mit Ihnen mal ausprobiert?«

Der Boß hat eine neue Sekretärin. Er diktiert ihr einen Brief an seine Frau, die sich auf Kur befindet. Der Brief kommt tadellos geschrieben, ohne Tippfehler, zur Unterschrift.
Der Boß liest ihn durch und stellt fest: »Da fehlen aber die letzten Worte. Ich habe diktiert: Ich liebe dich.«
»Ach so«, erwidert die Sekretärin. »Entschuldigen Sie, ich habe gedacht, das gehöre nicht mehr zum Brief.«

*

Unwillig betrachtet der Abteilungsleiter seine Sekretärin und erklärt:
»Ihre Schreibleistungen sind in den vier Wochen, die Sie bei mir arbeiten, bereits besser geworden. Aber sie sind noch lange nicht so gut, daß Sie aufhören dürfen, die knappen Pullis zu tragen!«

Es sagte die Sekretärin:

»Sie wünschen den Brief von der Firma Stein, Herr Direktor. Augenblick, das werden wir gleich haben. Stein ist Fels – Fels steht auf der Erde – Erde ist rund – hier, unter ›R‹ ist der Brief schon gefunden!«

Die hübsche Marianne hat ihren neuen Job als Sekretärin angetreten. Voller Aufregung stolpert sie über die Schwelle des Direktionszimmers.
»Bleiben Sie ruhig liegen«, sagt spitz die nicht mehr ganz junge Kollegin im Vorzimmer. »Der Herr Direktor wollte sowieso gleich diktieren…«

»Ein überarbeiteter Mitarbeiter ist ein guter Mitarbeiter!«

oder

Also sprach der Chef

»Herr Direktor, erlauben Sie mir, daß ich Ihnen ganz herzlich zu Ihrem Jubiläum gratuliere?« sagt Bossler mit einer tiefen Verbeugung zu seinem Chef.
»Jubiläum?« wundert sich der. »Ich habe doch kein Jubiläum!«
»Aber ja, Herr Direktor – Sie sind heute seit fünfundzwanzig Jahren mein Chef!«

*

Der Lehrling hat den Direktor vor dem Ertrinken gerettet.
»Dafür hast du einen Wunsch frei«, meint der Chef großzügig. »Womit kann ich dir denn eine Freude machen?«
Der Lehrling überlegt nicht lange. »Erzählen Sie bitte niemandem in der Firma, daß ich es war, der Sie gerettet hat!«

Es sagte der Chef:

»Ich habe eine gute und eine schlechte Nachricht für Sie. Zuerst die gute: Alle Mitarbeiter hier sind von Ihnen begeistert – bis auf einen. Und nun die schlechte: Der eine bin ich.«

Der Chef betrachtet nachdenklich seinen Angestellten und sagt dann zu ihm:
»Sie sehen in letzter Zeit so überarbeitet aus. Machen Sie weiter so.«

*

Der Chef kommt ins Büro. Der Assistent glaubt melden zu müssen: »Chef, Ihre Sekretärin ist noch nicht da, und es ist schon zehn Uhr.«
Der Chef strahlt. »Sehen Sie – ich habe also doch die bessere Kondition!«

Ein Angestellter besucht im Auftrag des Firmenpersonals den kranken Chef in der Klinik.
Er überreicht ihm eine einzige Blume mit den Worten: »Wir haben unter den Mitarbeitern eine Sammlung für Sie gemacht.«

*

Der Chef erwischt seinen ersten Buchhalter schlafend am Schreibtisch. Der Mann fährt hoch und entschuldigt sich damit, daß ihn sein kleiner Sohn die ganze Nacht wachgehalten habe.
»Na, großartig«, meint der Chef. »Bringen Sie das Kind morgen mit ins Büro.«

Es sagte der Betriebspsychologe:

»Es gibt Chefs, die muß man einfach gern haben, sonst fliegt man raus!«

Mit einer Stunde Verspätung kommt Neuendorf ins Büro. Er ist über und über mit Pflaster beklebt.
»Ich bin aus dem Fenster gefallen, aus dem zweiten Stock«, entschuldigt er sich.
»Na und?« meint der Chef. »Das hat doch keine Stunde gedauert, oder?«

*

»Na«, wendet sich der Chef leutselig an seinen Azubi, »gestern auf dem Betriebsausflug waren wir wohl alle ein wenig angeheitert.«
»Angeheitert ist gar kein Ausdruck«, bestätigt der Junge. »Mit mir hast du Brüderschaft getrunken.«

Grimmig erkundigt sich der Chef bei einem Angestellten:
»Wie lange arbeiten Sie eigentlich schon bei uns – morgen nicht mehr mitgezählt?«

Es knurrte der Angestellte:

»Auch ein Vorgesetzter ist ein Mensch – er weiß es nur nicht!«

Der Unternehmer wird interviewt.
»Wie viele Leute arbeiten bei Ihnen?« fragt der Reporter.
»Mit mir zwanzig«, gibt der Chef Bescheid.
»Also ohne Sie neunzehn«, präzisiert der Reporter.
»Nein«, widerspricht der Boß. »Ohne mich arbeitet hier keiner.«

*

Erwartungsvoll geht Aumann zum Chef.
»Herr Direktor, fünfundzwanzig Jahre arbeite ich jetzt bei Ihnen...«
»Da können Sie mal sehen, was für ein Glück Sie haben!« meint der Chef. »Nicht jede Firma besteht so lange.«

*

Montag morgen. Der Chef stürmt ins Büro und faucht die Sekretärin an: »Was haben wir heute?«
Die junge Dame ist etwas irritiert. »Äh, Montag, Herr Direktor!«
»So, Montag. Morgen ist Dienstag, und übermorgen ist Mittwoch, die Woche ist halb um, und überhaupt nichts ist gemacht!«

»Chef, ich habe morgen meinen Scheidungstermin. Da hätte ich gerne einen Tag frei.«
»Kommt überhaupt nicht in Frage«, knurrt der Boß, »für Vergnügungen gibt es bei mir keinen Urlaub.«

Es sagte der Abteilungsleiter:

»Herr Direktor, Ihr Sohn hat versucht, seine Sekretärin zu verführen.«
»Und, ist es ihm gelungen?«
»Nein.«
»Dann war es nicht mein Sohn!«

Der Chef hat die Einwände seines Buchhalters ungerührt über sich ergehen lassen.
»Nein, Herr Kiefner«, widerspricht er schließlich, »da irren Sie sich ganz gewaltig. Um Sie zu ersetzen, brauche ich keinen Computer, allenfalls einen Taschenrechner!«

*

Der Chef kommt aus dem Urlaub zurück.
»Alles in Ordnung?« fragt er die Sekretärin.
»Gewiß, Herr Direktor«, versichert sie ihm. »Und wir alle wünschen von ganzem Herzen, daß Sie diese Woche genauso ruhig verbracht haben wie wir!«

*

Beim Betriebsjubiläum sagt der Chef zu seinem treuen Angestellten: »Nach fünfundzwanzig Jahren Arbeit im Betrieb erhalten Sie morgen eine goldene Uhr mit eingraviertem Namen. Äh – wie heißen Sie eigentlich?«

DAS IST UNSER BUCH-HALTER, HERR MAY.

Die Sonne scheint, die Vöglein zwitschern – kurzum, es ist ein herrlicher Tag. Nur der Chef hat wieder einmal seine übliche miese Laune.
Der junge Buchhalter ist der Meinung, daß man etwas dagegen tun sollte, und so beginnt er: »Chef, meinen Sie nicht auch, daß wir heute ein herrliches Wetter haben?«
»Wir?« bellt der Boß los. »Was heißt wir? Seit wann sind Sie denn Teilhaber der Firma, junger Mann?«

*

Das Telefon klingelt. Die kleine Tochter hebt den Hörer ab und lauscht der dröhnenden Stimme.
»So – Sie sind also der Chef von meinem Vater«, sagt sie dann. »Welcher sind Sie denn, der Fettsack, das Kamel oder das Rindvieh?«

Es fragte die Freundin:

»Wie behandelt dein Chef eigentlich seine Angestellten?«
»Wie rohe Eier.«
»Wie behandelt man denn rohe Eier?«
»Man haut sie in die Pfanne.«

In seinem Schreibtisch hält der Boß für alle Fälle immer einen exquisiten alten französischen Cognac bereit. Obwohl er die Flasche fast nie herausholt, muß er feststellen, daß der Inhalt mit der Zeit immer weniger wird. Mit einem Bleistift markiert er am Etikett, wie voll die Flasche ist. Als er zwei Tage später nachschaut, hat jemand den kleinen Strich wegradiert und einen Zettel an die Flasche geklebt: *Bitte keine Markierungen mehr! Es wäre schade, den herrlichen Cognac mit Wasser verdünnen zu müssen.*

Der Chef knurrt wütend: »Sie sollten Ihre Stellung nicht als so sicher betrachten, daß Sie sich erlauben können, hier erst gegen Mittag einzutrudeln.«
Seine Sekretärin knurrt zurück: »Selber schuld, wenn ich zu spät komme. Sie haben heute nacht vergessen, meinen Wecker aufzuziehen.«

*

»Dreißig Jahre sind Sie jetzt schon bei unserer Firma als Buchhalter tätig. Was hat Ihnen denn eigentlich unser Chef zum Jubiläum geschenkt?« fragt Maierhofer seinen Kollegen.
Erklärt der Jubilar seufzend: »Er hat mir sein volles Vertrauen geschenkt.«

*

Wolter hat wieder einmal Streit mit seinem Chef.
Der Chef brüllt ihn an: »Sagen Sie mal, Wolter, sind Sie hier vielleicht der Boß?«
»Nein, Herr Direktor«, sagt Wolter betreten.
»Na also«, brüllt der Gewaltige. »Warum reden Sie dann solchen Unsinn?«

*

Wütend ruft der Chef: »Wer hat an meiner Bürowand herumgekritzelt?«
»Ihr kleiner Sohn, Herr Direktor«, antwortet die Sekretärin.
Da erhellt sich seine Miene. »Talentiertes Bürschchen, was?«

*

Die Sekretärin betrachtet mitfühlend die Kollegin, die gerade zum Chef gerufen worden ist.
»Nein, der Boß hat heute keine schlechte Laune«, sagt sie, »aber passen Sie auf, er hat gerade eine Hormonspritze bekommen!«

Der Chef hat einen Betriebspsychologen kommen lassen.
»Ich brauche Ihre Hilfe«, erklärt er. »Das Betriebsklima ist unter aller Kanone.«
»Und haben Sie eine Vermutung, warum es so schlecht ist?« tastet sich der Spezialist vor.
Knurrt der Chef: »Das sollen Sie doch herausfinden, Sie diplomierter Armleuchter, Sie!«

Es fragte der Nachbar:

»Warum nennt ihr euern neuen Chef denn Blinddarm?«
»Weil er völlig überflüssig und ständig gereizt ist.«

»Was fällt Ihnen denn ein, Fräulein Müller?« raunzt der Chef seine Mitarbeiterin an. »Ausgerechnet jetzt in der Saison wollen Sie vierzehn Tage Urlaub? Das geht nicht!« Etwas besänftigt fügt er nach einer Weile hinzu: »Aber ich bin ja gar nicht so ... Lassen Sie sich für die zwei Wochen Ihren Schreibtisch ans Südfenster stellen.«

*

»Ich kündige, ich kündige!« schreit Meier, als er aus dem Büro des Chefs kommt.
»Aber wieso denn?«
»Er hat mich den größten Trottel der ganzen Stadt genannt.«
»Na und?« besänftigt ihn der Kollege. »Wir wohnen doch hier in Alfeld. Alfeld hat nur vierzehntausend Einwohner. Stellen Sie sich mal vor, wir arbeiteten in Hamburg! Dann würde ich auch kündigen.«

»Bei dem Betriebsklima hier fühlt man sich wie am Nordpol!« beklagt sich die Sekretärin.
»Südpol!« korrigiert der Chef.
»Wieso Südpol?« fragt sie irritiert.
»Weil es am Nordpol keine Pinguine gibt. Und nun watscheln Sie bitte raus!«

Es sagte der Betriebspsychologe:

»Wie man ins Chefzimmer hineinruft, so fliegt man hinaus!«

Erwartungsvoll steht der Angestellte vor dem Schreibtisch seines Chefs.
Der Chef lehnt sich im Sessel zurück und verkündet: »Herr Wigner, ich muß Ihnen sagen, Ihre Art, mir zu antworten und zu diskutieren, ist beeindruckend. Sie sind ausnehmend ehrlich und ungemein offen – Sie sind hiermit entlassen!«

*

Der Generaldirektor führt seinen Sohn im Büro ein.
»Fräulein Knolle«, sagt er zu seiner Sekretärin, »Sie können meinem Sohn alles zeigen.«
Antwortet sie verwirrt: »Was denn, schon am ersten Tag?«

*

Der Angestellte kommt mit einer Bitte zum Chef. »Kann ich morgen einen Tag frei bekommen? Wir feiern unsere silberne Hochzeit.«
Der Chef hat seinen gnädigen Tag. »Meinetwegen«, brummt er. »Aber glauben Sie ja nicht, daß Sie nun alle fünfundzwanzig Jahre mit so etwas kommen können!«

»Wie ich höre, soll der Chef krank sein, und trotzdem kommt er jeden Tag ins Büro. Hoffentlich hat er nichts Ansteckendes?«
»Keine Bange, er ist überarbeitet...«

Es sagte der Abteilungsleiter:

»Betrachten Sie mich nicht als einen Chef – sehen Sie in mir einen Freund, der immer recht hat...«

Die Chefsekretärin fragt ihren Boß: »Herr Direktor, ich soll den Unfallbericht des Betriebsratsvorsitzenden schreiben. Was ist eigentlich der Unterschied zwischen einem Unfall und einem Unglück?«
»Ganz einfach«, erläutert der Boß, »der Betriebsratsvorsitzende ist mit seinem Auto in den Rhein gefahren. Das war ein Unfall. Man hat ihn rechtzeitig wieder herausgezogen – das war ein Unglück.«

*

Der Chef bestellt den Mitarbeiter Jahnke zu sich und mekkert ihn an: »Jahnke, Sie sehen in letzter Zeit so schrecklich unrasiert aus.«
Der Angestellte entgegnet schuldbewußt: »Ich lasse mir doch gerade einen Bart wachsen!«
»Das ist Ihre Sache, Jahnke«, erklärt der Chef, »aber gefälligst nicht während der Bürozeit!«

*

»Seit unser Chef ein Söhnchen bekommen hat«, spottet die junge Sekretärin, »kann er sich vor Stolz gar nicht mehr fassen.«
»Jawohl!« faucht die Kollegin. »Der Kleine ist aber auch sein getreues Ebenbild: Er brüllt den ganzen Tag.«

IRGENDWIE TUT ES MIR JA LEID, SIE ZU VERLIEREN. SIE WAREN WIE EIN SOHN FÜR MICH. UNVERSCHÄMT, EIGENSINNIG, STUR, MÜRRISCH UND UNDANKBAR.

Entsetzen herrscht im Betrieb.
»Herr Direktor, gerade ist unser Buchhalter aus dem Fenster gesprungen!«
»Unglaublich!« empört sich der Gewaltige. »Eine Stunde vor Feierabend haut der Mann schon ab!«

Es sagte der Chef:

»Genügt es Ihnen denn nicht, daß Sie der intelligenteste, fleißigste und mit Abstand erfolgreichste Mitarbeiter unserer Firma sind? Wollen Sie unbedingt auch noch der bestbezahlte sein?«

Dem Besucher ist etwas aufgefallen, und er erkundigt sich beim Firmenchef: »Herr Direktor, warum stellen Sie in Ihrer Firma immer nur verheiratete Männer ein?«
»Ach, wissen Sie«, erklärt der Chef, »die reagieren nicht so empfindlich, wenn man sie mal anbrüllt!«

Es sagte der Chef:

»Meine Damen und Herren, ich habe nichts dagegen, daß es hier in der Firma geteilte Meinungen gibt. Aber wir wollen es in Zukunft doch so halten, daß ich eine Meinung habe und Sie sie mit mir teilen!«

Der Chef raunzt Heberling an: »Ich habe Sie doch gestern fristlos entlassen! Was wollen Sie denn heute noch hier?«
Heberling schaut etwas erschreckt drein. »Ach, wissen Sie, Herr Direktor, ich dachte, Sie spaßen. Und so einen kleinen Scherz wollte ich Ihnen nicht übelnehmen.«

»Was drehen Sie hier eigentlich für krumme Dinger?«

oder

Gehalt allein macht nicht glücklich

Beckmöller ist sein Gehalt zu mager. Er stürmt ins Zimmer seines Chefs.
»Chef, ich will jetzt endlich mehr Geld. Andernfalls ...«
»Andernfalls was?« fragt der Chef ganz ruhig zurück.
»Andernfalls«, stottert Beckmöller kleinlaut, »andernfalls – arbeite ich für mein jetziges Gehalt weiter.«

*

Der Chef ist äußerst ungehalten.
»Was denken Sie sich eigentlich«, sagt er zu einem Angestellten, »hier im Büro den ganzen Tag zu pfeifen?«
»Oh, Verzeihung«, erwidert der Gescholtene, »ich dachte, es würde Sie vielleicht freuen, wenn ich trotz meines kleinen Gehaltes den ganzen Tag fröhlich bin.«

*

Der Angestellte hat sich ins Zimmer seines Chefs vorgekämpft.
»Chef«, sagt er mutig, »ich bitte um eine Gehaltserhöhung. Ich habe nämlich geheiratet.«
»Na, hören Sie mal«, erwidert der Verleger entrüstet, »für Unglücksfälle außerhalb der Firma sind wir aber nicht verantwortlich!«

*

Der Chef sitzt hinter seinem gewaltigen Schreibtisch und schüttelt den Kopf.
»Hören Sie, Neuendorf«, sagt er zu dem Angestellten, der erwartungsvoll vor ihm steht, »eine Gehaltsaufbesserung ist bei der heutigen Wirtschaftslage beim besten Willen nicht drin, aber ich erlaube Ihnen, beim Rausgehen die Tür kräftig zuzuschlagen.«

»Wem geben wir denn aus Anlaß des zweihundertjährigen Bestehens unserer Firma eine Gehaltsaufbesserung?« fragt der Buchhalter den Chef.
Der Chef überlegt mit gerunzelten Brauen und sagt dann: »Allen, die vom ersten Tag an dabei waren!«

Es sagte die Sekretärin:

»Bei uns im Büro geht wirklich alles elektrisch und elektronisch. Sogar das Gehalt versetzt einem einen Schlag!«

»Der Kassiererposten wird mit neunzehnhundert Mark monatlich bezahlt«, sagt der Bankdirektor.
»Neunzehnhundert Mark«, überlegt der Bewerber, »damit kommt man aber nicht weit.«
Meint der Direktor lakonisch: »Das ist ja auch nicht beabsichtigt.«

*

Die Sekretärin kommt strahlend aus dem Chefzimmer heraus.
»Ich habe eine Gehaltserhöhung bekommen!« verrät sie.
»Und wie haben Sie das gemacht?« fragt ein Kollege. »Das müssen Sie mir verraten.«
»Das kann ich Ihnen zwar verraten«, sie lächelt vielsagend, »aber es würde Ihnen nichts nützen!«

*

»Herr Direktor, Sie haben mir mehr Gehalt versprochen, wenn Sie mit mir zufrieden sind.«
»Das schon, aber wie kann ich mit einem Angestellten zufrieden sein, der mehr Gehalt will?«

Eine Abteilungssekretärin kommt zum Chef und möchte Gehaltserhöhung haben. Der Chef gibt ihr zu bedenken, daß sie erst vor kurzem eine bekommen habe und daß Herr Kirchberger aus der Buchhaltung fünf Kinder habe und auch nicht mehr verdiene.
Darauf die Sekretärin: »Ich denke, wir werden für das bezahlt, was wir hier leisten, und nicht für das, was wir zu Hause tun!«

Es sagte der Bürolehrling:

»Vielen Dank für die Gehaltserhöhung, Chef. Und hier sind die Negative der Fotos, die ich bei der letzten Betriebsfeier gemacht habe.«

»Ich bin wie ein Tiger in das Zimmer des Chefs gerannt, habe mit der Hand auf den Tisch gehauen und Gehaltserhöhung gefordert«, berichtet Haslinger am Abend seiner Frau.
»Und was hat der Chef dazu gesagt?« will sie wissen.
Erwidert Haslinger kleinlaut: »Es war ja nur eine Generalprobe. Der Chef ist noch verreist.«

*

Der Chef versammelt seine Mitarbeiter um sich.
»Meine Herrschaften, ich habe eine Frage: Wollen Sie am Umsatz der Firma beteiligt werden?«
Aufgeregtes Gemurmel, dann kommt die Antwort im Chor: »Ja, natürlich!«
»In Ordnung«, erklärt der Chef. »Wie Sie wollen. Der Umsatz ist um zwanzig Prozent zurückgegangen, so daß ich jetzt jedem ein Fünftel vom Gehalt abziehen werde.«

Der Chef hat es sich überlegt und verkündet seinem Angestellten: »Wegen guter Leistungen erhöhe ich Ihr Gehalt um zweihundert Mark. Aber sagen Sie es im Büro nicht weiter, sonst will hier jeder Gehaltsaufbesserung.«
»Da können Sie unbesorgt sein«, versichert der Glückliche. »Das werde ich nicht einmal meiner Frau verraten.«

*

Lehmann sitzt trübsinnig an seinem Schreibtisch und seufzt immer wieder.
Schließlich fragt er seinen Kollegen: »Wie kommen Sie eigentlich mit Ihrem Gehalt aus?«
»Prima«, erwidert der Kollege. »Nur nicht mit dem Monat – am Ende sind immer ein paar Tage übrig!«

*

Der Chef betrachtet nachdenklich die Bewerberin. »Gut«, sagt er schließlich zu ihr. »Den Job als Sekretärin haben Sie.«
Er steht auf, geht langsam um den Schreibtisch herum auf sie zu.
»Und jetzt wollen wir sehen, ob eine Gehaltserhöhung drin ist!«

*

Die Werbeassistentin fragt ihre Kollegin: »Wie teilst du dir eigentlich dein Gehalt ein?«
»Dreißig Prozent für Miete, vierzig Prozent für Kleidung, vierzig Prozent für Essen und zwanzig Prozent für Vergnügungen«, macht die Kollegin ihre Rechnung.
»Das sind ja einhundertdreißig Prozent«, protestiert die Werbeassistentin.
Die Kollegin nickt düster. »Ja, leider, leider.«

ABER HERR DIREKTOR, SIE HABEN MIR DOCH MEHR GEHALT VERSPROCHEN, WENN SIE MIT MIR ZUFRIEDEN SIND.
SCHON, SCHON, ABER WIE KANN ICH MIT IHNEN ZUFRIEDEN SEIN, WENN SIE MEHR GELD WOLLEN?

Der Angestellte beschwert sich beim Chef: »Mein Gehalt steht in keinem Verhältnis zu meinen Leistungen!«
Der Chef nickt daraufhin bedächtig mit dem Kopf und bestätigt diese Erkenntnis.
»Das ist wahr. Aber wir können Sie doch nicht verhungern lassen!«

*

Drei Jahre ist die flotte Sekretärin jetzt in der Firma, und ihr Chef ist so knauserig wie eh und je.
»Ich will Sie ja nicht erpressen«, meint sie schließlich eines Tages freundlich, aber bestimmt. »Wenn ich allerdings nicht bald Gehaltserhöhung bekomme, muß ich wohl mal demnächst meine Memoiren schreiben.«

Es sagte der Chef:

»Ich weiß sehr wohl, daß Ihr Gehalt nicht ausreicht, um heiraten zu können. Aber eines Tages werden Sie mir dafür dankbar sein!«

Der Buchhalter kommt zu seinem Chef.
»Herr Direktor«, erklärt er mit traurigem Gesicht, »mit meinem derzeitigen Gehalt kann ich wirklich keine großen Sprünge machen!«
Erwidert der Chef: »Na, hören Sie mal! Ich habe Sie ja auch als Buchhalter und nicht als Känguruh eingestellt!«

*

Der Chef ruft seine junge Sekretärin und sagt:
»Fräulein Gassner, heute hätte ich Lust, Ihr Gehalt zu erhöhen. Versuchen Sie doch mal, mich entschlußfreudig zu stimmen!«

»Herr Direktor, ich arbeite jetzt schon zwanzig Jahre bei Ihnen und habe eigentlich immer für drei gerackert. Könnte ich vom nächsten Ersten an mehr Gehalt bekommen?«
»Ausgeschlossen, mein Lieber. Aber nennen Sie mir die beiden anderen, dann schmeiße ich die Kerle raus.«

*

Die Sekretärin kann ihn nicht aufhalten. Wütend stürmt Hofer direkt ins Chefzimmer und baut sich vor dem Boß auf.
»Jetzt weiß ich endlich«, sagt er zähneknirschend, »warum ich mit den Kollegen nicht über mein Weihnachtsgeld von fünfhundert Mark sprechen soll. Die anderen haben alle *tausend* Mark zusätzlich bekommen!«

Es sagte der Betriebspsychologe:

»Eine Sekretärin hat es jederzeit in der Hand, eine Gehaltserhöhung von ihrem Chef zu bekommen. Sie muß die Hand nur richtig einsetzen!«

Bollmann läßt sich beim Chef melden.
»Herr Direktor, ich muß Sie dringend um eine Gehaltserhöhung bitten.«
»Sie werden aber doch nicht schlecht bezahlt, Bollmann«, gibt der Chef zu bedenken. »Geht's Ihnen denn so miserabel?«
»Das kann man wohl sagen, Herr Direktor.« Bollmann sieht den Chef flehend an. »Meine Frau weiß jetzt nämlich genau, was ich verdiene!«

Hufnagl kommt freudestrahlend nach Hause. Seine Frau will wissen, was es denn so Erfreuliches gegeben habe. »Tja«, berichtet Hufnagl, »ich habe meinem Chef auseinandergesetzt, daß wir mit meinem Gehalt unmöglich auskommen können. Das hat er schließlich auch eingesehen – und er weiß tatsächlich eine gutbezahlte Stelle für dich!«

*

Zornig hält der Boß einem Mitarbeiter vor:
»Sagen Sie mal, Herr Kirchberger, haben Sie eigentlich schon mal darüber nachgedacht, warum wir Ihnen das Gehalt in einer Geschenkpackung überreichen?«

*

»Ich bezahle meine Mitarbeiter nach ihrem Wissen«, sagt der Chef zum Buchhalter, »warum sollte ich Ihnen denn eine Gehaltserhöhung bewilligen?«
»Weil ich alles von Ihnen und der Susanne aus der Registratur weiß, Chef.«

Es sagte die Sekretärin:

»Wenn Sie mir in diesem Jahr keine Gehaltserhöhung geben, dann erzähle ich allen Kolleginnen, ich hätte eine bekommen!«

Stolzmann wird im Dezember zum Chef gerufen.
»Ich möchte mich sehr herzlich für Ihre hervorragende Mitarbeit im vergangenen Jahr bedanken. Sie waren fleißig, ehrlich, zuverlässig ...«
Da unterbricht Stolzmann den Chef mit nachdenklicher Miene. »Es gibt wohl kein Weihnachtsgeld?«
Ergänzt der Chef: »... und intelligent.«

Der Chef hat einen Ratschlag für die junge Sekretärin im Vorzimmer.
»Sie könnten zweihundert Mark mehr im Monat auf dem Gehaltsstreifen finden, wenn Sie die Bluse offen und den Mund geschlossen halten würden!«

*

Buchhalter Möllmann wird zum Chef gerufen.
Jovial meint der: »Möllmann, ich habe gehört, Sie haben einen Erben bekommen. Meinen herzlichen Glückwunsch.«
Entgegnet Möllmann indigniert: »In meiner Gehaltsstufe, Herr Direktor, bekommt man keine Erben. Da bekommt man einfach nur Kinder!«

Es sagte der Buchhalter:

»Entweder ich bekomme jetzt endlich meine Gehaltserhöhung, oder ich fange beim Finanzamt als Prüfer an!«

Voller Mißtrauen betrachtet der Chef seinen Angestellten.
»Seit vier Jahren haben Sie keine Gehaltserhöhung mehr verlangt«, hält er ihm vor, »sagen Sie mal, was für krumme Dinger drehen Sie hier eigentlich?«

»Eine gute Stellung ist besser als jede Arbeit!«

oder

Sex im Büro

»Kann ich mal den Chef sprechen?« fragt ein Besucher.
»Der schläft gerade«, lautet die Antwort.
»Dann seine Sekretärin.«
»Ich sagte doch...!«

*

Im Büro arbeitet seit einigen Tagen eine bildhübsche junge Werbeassistentin. Die Augen sämtlicher Herren ruhen wohlgefällig auf ihr.
Der Chef läßt sie zu sich kommen und sagt: »Fräulein Sibylle, ich möchte Sie warnen. Wenn ich die Blicke meiner Herren richtig deute, haben Sie in unserer Firma eine tolle Vergangenheit vor sich!«

Es fragte die Kollegin:

»Warst du heute schon beim Chef drin?«
»Wieso ich bei ihm?«

Während der Kaffeepause ertappt der Chef seine Sekretärin und einen Assistenten beim hastigen Liebesgetümmel im Archiv.
»Was soll denn das heißen?« knurrt er wütend.
»Ja, also«, stottert die zerzauste Kleine, während sie verlegen nach ihren Sachen angelt, »wir machen uns beide nicht viel aus Kaffee...«

*

Erste Sekretärin: »Ich habe im Schreibtisch des Chefs drei Präservative gefunden!«
Zweite Sekretärin: »Ich habe mit der Nadel Löcher hineingestochen.«
Dritte Sekretärin: »Oh, mir wird schlecht!«

Der Geschäftsfreund macht dem Chef Vorhaltungen.
»Aber das sieht doch ein Blinder, daß alle Ihre Angestellten scharf auf die neue Sekretärin sind. Ehrlich, so etwas würde ich in meinem Betrieb nicht dulden!«
»Warum denn nicht?« meint der Chef augenzwinkernd.
»Seit sie hier ist, hat nicht einer auch nur eine einzige Minute gefehlt!«

*

Atemlos stürzt die neue Sekretärin nach ihrem ersten Diktat aus dem Büro des Chefs und haucht:
»Also, ich begreife wirklich nicht, weshalb ihr ihn alle den Alten nennt!«

*

Der Direktor legt die Unterlagen seiner Sekretärin auf den Schreibtisch und sagt: »Beide Exposés müßten in einer Stunde geschrieben sein, dann bin ich von der Besprechung zurück. Werden Sie das schaffen?«
»Gewiß«, meint die Sekretärin zuversichtlich, »zumindest, wenn Sie den Juniorchef mitnehmen!«

*

Zwei Kollegen unterhalten sich über die neue hübsche Angestellte in ihrem Büro.
»Ach die«, meint der eine, »die ist doch frigide!«
»Genau«, bestätigt der andere. »Ihr Gefrierpunkt liegt bei zweihundert Mark!«

*

»Der neue Manager ist wirklich Klasse«, erzählt eine Sekretärin der anderen. »Als er anfing, hat er versprochen, daß er neues Leben in den Laden bringt.«
»Toll, und was hat er gemacht?«
»Fünf von den acht Mädchen im Versand sind schwanger!«

In der Zeitung steht eine interessante Anzeige: *Junge Sekretärin dringend benötigt.*
Claudia bewirbt sich und bekommt den Job. Schon am ersten Tag schleicht sich der Chef von hinten an sie heran und hat gleich darauf beide Hände in ihrer Bluse.
Meint sie spöttisch: »Wie ich sehe, war Ihre Annonce kein bißchen übertrieben.«

Es vermutete die Sekretärin:

»Ich glaube, der Juniorchef kommt bald aus den Staaten zurück. Der Alte verteilt neuerdings bei uns in der Kanzlei kostenlos Antibabypillen...«

»Warum ist Ihr Chef denn aus dem Fenster gesprungen?« fragt der Kommissar die hübsche Sekretärin.
»Ich weiß es auch nicht«, antwortet sie kopfschüttelnd. »Er war immer sehr nett zu mir. Vor zwei Monaten hat er mir einen Pelzmantel geschenkt, im letzten Monat einen Sportwagen, vorige Woche einen Brillantring und heute morgen ein Diamanthalsband. Dann fragte er mich, was es kosten würde, wenn er mich mal vernaschen dürfte. Als ich es ihm sagte, sprang er aus dem Fenster.«
»Was haben Sie ihm denn gesagt?«
»Ich habe gesagt, daß die anderen Herren aus dem Büro immer hundert Mark dafür geben...«

*

Bei einer turbulenten Büroparty kommt es in der völlig dunklen Abstellkammer zu einem Mordsgetümmel.
»Oh«, stöhnt die junge Assistentin, »so haben Sie mich ja noch nie geliebt, Herr Hansen. Liegt das daran, daß Sie gerade auf Urlaub waren?«
»Nein«, kommt die Antwort, »daran, daß ich nicht Hansen bin!«

Corinna sitzt verträumt an ihrer Schreibmaschine und sagt zu ihrer Kollegin:
»Also, unter dem Juniorchef arbeite ich am liebsten!«

Es sagte der Soziologe:

»Wußten Sie schon, daß manche Chefs das Zehn-Finger-Blindsystem besser als ihre Sekretärinnen beherrschen?«

Kollegentratsch – frisch aus der Gerüchteküche.
»Haben Sie schon gehört? Unser Chef soll mit seiner Sekretärin ein Verhältnis haben! Was soll man davon halten?«
»Am besten den Mund.«

*

Mühlmann sagt zu seiner Sekretärin: »Sie wollen heiraten? Wann ist es denn soweit?«
»In einem Monat.«
»Und was machen Sie bis dahin?«
»Verteile ich noch Gratisproben!«

*

Der Prokurist sucht in der Buchhandlung ein Hochzeitsgeschenk für seine Sekretärin.
»Könnten Sie mir etwas für ein junges Ehepaar empfehlen?«
Der Buchhändler überlegt eine Weile. »Wie wäre es denn mit dem Bestseller ›Sex im Büro‹?«
»Ach nein«, erwidert der Herr Prokurist. »Es wäre mir doch lieber, wenn sie das zu Hause machten!«

SIE WERDEN SELBSTVERSTÄNDLICH LEISTUNGSGERECHT BEZAHLT.
SORRY! – DAVON KANN ICH NICHT EXISTIEREN.

Arg zerzaust, die Bluse noch ziemlich offen, verläßt die hübsche Sekretärin nach langer Diktatzeit das Chefzimmer.
»Der Chef konnte mal wieder seine Unterlagen nicht finden«, sagt sie zu der schon ein wenig ältlichen Kollegin, die ihr gegenübersitzt.
»Ja, ja«, meint die, »und dann sucht er offensichtlich an den unmöglichsten Stellen.«

*

Der Chef kommt eines Tages sehr früh ins Büro und überrascht seinen Buchhalter, wie der seine Sekretärin küßt.
»Werden Sie vielleicht dafür von mir bezahlt?« donnert er.
»Nein, natürlich nicht«, antwortet der Buchhalter, »aber das macht nichts, ich tu's gerne.«

Es sagte der Chef:

»Ich habe dir eine Wohnung eingerichtet, einen Nerz und Brillantschmuck gekauft. Aber daß du jetzt auch noch eine elektronische Schreibmaschine willst, das geht zu weit!«

Die beiden Manager haben sich mittags zu einem Arbeitsessen getroffen.
»Wie bist du denn mit der Sekretärin zufrieden, die du voriges Jahr eingestellt hast?« erkundigt sich der eine. »Schafft sie dein berühmtes Tempo beim Diktat?«
»Von wegen«, seufzt der andere, »jetzt diktiert sie.«
»Wieso denn das?«
»Ich habe sie geheiratet.«

Der Boß faucht seine Sekretärin an: »Wer hat Ihnen denn gesagt, daß Sie hier herumfaulenzen können, nur weil ich Sie ein paarmal geküßt habe?«
Die junge Dame lächelt sanft und erwidert: »Mein Anwalt!«

*

Die hübsche junge Chefsekretärin einer Berliner Filmgesellschaft wird nach Hamburg in das vom dortigen Kompagnon geführte Zweigunternehmen versetzt.
»Ich hoffe, es wird Ihnen auch hier in Hamburg Spaß machen«, empfängt sie am ersten Tag ihr neuer Chef. »Im übrigen ändert sich für Sie eigentlich wenig. Ich erwarte das gleiche von Ihnen wie mein Kompagnon in Berlin.«
»Selbstverständlich«, sagt sie lächelnd und knöpft ihre Bluse auf.

Es sagte die Assistentin:

»Ich liebe meinen Chef, aber nur platonisch.«
»Was ist denn das?«
»Das ist, wenn man nichts dafür nimmt.«

Anruf aus der Personalabteilung: »Chef, wir haben gerade eine Stenotypistin angestellt, die unser Büroleben bereichern wird.«
»Wie denn das?«
»Unter ›Fremdsprachen‹ hat sie im Bewerbungsbogen ›Fellatio‹ eingetragen.«

*

Der Chef erwischt den Lehrjungen, wie er die Chefsekretärin küßt.
Er fährt ihn an: »Sie sind hier als Lehrling angestellt – nicht als Lippen-Stift!«

Der Chef ruft seine Sekretärin. »Helga, nun kommen Sie doch endlich!«
»Moment bitte noch, auf meinem Stenoblock steht noch etwas...«
»Ja, meinen Sie denn, hier steht nichts für Sie?«

*

Der Chef hat seine junge Sekretärin geschwängert und sagt zu deren erbostem Vater: »Ich mache Ihnen einen Vorschlag: Wird es ein Mädchen, zahle ich hunderttausend Mark, bei einem Jungen hundertfünfzigtausend. In Ordnung?«
»Na schön. Und was ist bei einer Fehlgeburt?« erkundigt sich der Vater. »Kriegt sie dann noch mal eine Chance?«

*

Vater und Sohn sind Geschäftsteilhaber. Eines Tages tritt der Sohn mit bekümmertem Gesicht vor seinen alten Herrn.
»Was ist los mit dir, mein Junge?« fragt der Senior besorgt. »Willst du es mir nicht sagen? Schließlich sind wir Teilhaber und tragen das Schicksal unserer Firma gemeinsam!«
»Gut, Papa, dann muß ich es wohl sagen: Unsere Sekretärin erwartet ein Kind von uns und will, daß wir sie heiraten!«

*

Der Chef kommt überraschend noch einmal ins Büro zurück, da stürzt aus dem Zimmer des Buchhalters seine Sekretärin mit zerrauftem Haar, offener Bluse, die Strumpfhose in der Hand.
»Ist etwas passiert?« fragt der Chef.
Erwidert die Sekretärin: »Das wird sich in drei bis vier Wochen herausstellen.«

HERR HARTMANN, WAS SOLL DENN DAS!
JA WIE?! BIN ICH IHR SEKRETÄR ODER NICHT!

Direktor Zabert trommelt mit seinem Zeigefinger nervös auf dem Schreibtisch, als er seiner Sekretärin einen Brief diktiert.
»Sind Sie nervös, Chef?« fragt sie.
»Nein«, brummt er, »aber ich pflege immer anzuklopfen, wenn ich irgendwo rein will.«

Es fragte der Chef:

»Sind Sie mit Ihrer Stellung zufrieden, Fräulein Kaune?«
»Ja, Chef, nur der Locher drückt mich im Rücken.«

Der Chef ist völlig entgeistert, daß seine Sekretärin gehen will.
»Was? Sie wollen kündigen? Wir haben uns doch immer glänzend verstanden. Ich zahle doch auch besonders gut...«
Erwidert sie hoheitsvoll: »Das werden Sie auch noch achtzehn Jahre lang tun müssen.«

*

Und da war noch jener Abteilungsleiter, der mit sorgenvoller Stirn in seinem Büro auf und ab lief und seiner hochschwangeren Sekretärin einen Brief diktierte:
Sehr geehrte Damen und Herren. Bezüglich der von Ihnen gelieferten Gummiartikel, die angeblich unter Garantie nicht platzen...

*

Und da war noch der Chef, der nach Büroschluß die hübsche Putzfrau auf seine Knie zog und seufzte: »Es ist schrecklich – meine Sekretärin versteht mich nicht mehr!«

Der neue Bürobote kommt aus dem Zimmer des Direktors.
»Fräulein Walter, der Direktor will...«
Unterbricht ihn das schon etwas ältliche Fräulein Walter: »Wenn der Direktor will, müssen Sie's der Sybille sagen!«

*

Lehmann steht grinsend unter der Bürotür und stellt fest: »Sag mal, wann immer ich in dein Büro komme, küßt du gerade deine Sekretärin!«
Erwidert der Kollege: »Du kommst aber auch alle fünf Minuten!«

*

»Meine Sekretärin macht mir Sorgen«, vertraut der Juniorchef seinem Freund an. »Seit ich mit ihr intim war, benimmt sie sich so merkwürdig.«
»Wieso?«
»Früher schaute sie dauernd auf die Uhr. Jetzt schaut sie dauernd auf den Kalender.«

»Es war einmal ein armer, überarbeiteter Chef!«

oder

Märchenstunde für (Chef-)Ehefrauen

Die Sekretärin kommt in das Zimmer ihres Chefs und sagt: »Herr Direktor, Ihre Frau hat angerufen. Es ist sehr dringend.«
Brummt der Gatte: »Gut, wenn sie wieder anruft, sagen Sie ihr: höchstens dreihundert Mark.«

*

»Ich werde dem Chauffeur kündigen!« tobt der Verleger. »Jetzt hat er mich schon zum drittenmal in Lebensgefahr gebracht.«
»Aber, Herbert«, beruhigt ihn seine Frau, »gib ihm doch noch eine Chance!«

*

Eine Stunde nach Büroschluß schrillt das Telefon. Die Sekretärin läuft leichtbekleidet zum Schreibtisch, nimmt den Hörer ab, wirft einen prüfenden Blick auf ihren Chef und sagt dann: »Doch, doch, gnädige Frau. Ich glaube schon, daß Ihr Mann für heute fertig ist!«

Es sagte die Sekretärin:

»Ich habe Ihrem Gatten schon vor vier Wochen eindeutig erklärt, daß es mit uns Schluß sein muß. Aber er besteht auf einer vierteljährlichen Kündigungsfrist!«

Die neue Sekretärin platzt in die Vorstandssitzung.
»Ist es wichtig?« fragt der Chef.
Darauf sie: »Ich glaube schon – Ihre Frau ist am Telefon. Sie will wissen, wo Sie nach dem Saubermachen das Scheuerpulver hingestellt haben...«

»Du darfst mich nicht mehr küssen«, sagt der Manager beim Abschied, ehe er ins Büro geht, zu seiner Frau. »Erst gestern hat meine Sekretärin wieder Lippenstift an meinem Kragen entdeckt!«

*

»Darf ich den Hörer auflegen, Herr Direktor?« fragt die Sekretärin, als sie den baumelnden Telefonhörer sieht.
»Nein, danke«, brummt der Bankier und blickt nur kurz auf. »Meine Frau spricht noch.«

*

»Na«, erkundigt sich der Chef bei seiner süßen Sekretärin, »was hat meine Frau gesagt, als du ihr am Telefon bestellt hast, ich hätte noch bis Mitternacht im Büro zu tun?«
»Ach, nicht viel«, berichtet die Kleine. »Sie wollte nur wissen, ob sie sich darauf verlassen kann.«

Es sagte der Chef:

»Fräulein Möller, im Augenblick können Sie auf keinen Fall Urlaub machen, erst muß meine Frau von der Kur zurück sein!«

Der Manager vergnügt sich mit seiner Sekretärin im ehelichen Schlafzimmer. Plötzlich geht die Tür auf, und seine Frau steht neben dem Bett.
Sagt der Manager zu seiner Sekretärin: »Liebling, darf ich vorstellen – meine Frau, das alte Klatschmaul. Morgen weiß es das ganze Haus, daß wir was miteinander haben.«

SOLL ICH DEN HÖRER AUFLEGEN, CHEF?
NEIN, NEIN, DANKE, MEINE FRAU SPRICHT NOCH.

»So, du hast also deiner Sekretärin eine Eigentumswohnung gekauft. Das ist doch die Höhe!« empört sich die Frau des Firmeninhabers.
Seufzt der geplagte Gatte: »Hast du mich nicht immer wieder beschworen, mit ihr nichts im Büro anzufangen?«

*

Eine Dame hat ihren fast noch neuen Rolls-Royce für nur tausend Mark verkauft.
Ehe der neue Besitzer einsteigt, fragt er sie: »Warum haben Sie eigentlich diesen teuren Wagen so billig verkauft?«
»Mein Mann ist verstorben«, antwortet die Lady, »und hat in seinem Testament verfügt, daß das Auto verkauft und der Erlös seiner Sekretärin überwiesen werden soll...«

*

»Meine Frau ist in der Liebe genauso langweilig wie meine Sekretärin«, klagt der Generaldirektor dem Chauffeur sein Leid.
»Ja«, erwidert der Fahrer, »das ist mir auch schon aufgefallen.«

*

Das ganze Büro ist noch immer fassungslos. Es gibt nur noch ein Gesprächsthema.
»Daß unser Kassierer mit den ganzen Lohngeldern durchgegangen ist, das begreife ich. Völlig unverständlich ist mir aber, warum er die alte abgetakelte Frau unseres Chefs mitgenommen hat«, zerbricht sich einer der Kollegen den Kopf.
»Das ist überhaupt nicht unverständlich, mein Lieber. Der Schlaumeier hat mit Recht angenommen, daß der Chef in diesem Fall von jeder Verfolgung Abstand nehmen wird.«

Und dann sagte die Frau des Generaldirektors, als sie ihren Mann mit der Sekretärin in flagranti erwischte: »In deiner Position sollte man keine neue Stellung suchen!«

Es riet der Betriebspsychologe:

»Wenn der Chef sagt: Ich muß mich mit meiner neuen Sekretärin näher befassen, sollte seine Frau darauf achten, wo er seine Hände hat!«

Die Frau des Chefs zieht alle Register, um ihren Kopf durchzusetzen.
»Wenn du mir den Pelz nicht kaufst, werde ich eben im Bett streiken!« erklärt sie schließlich wütend.
Darauf meint der Chef ganz gelassen: »Nur zu, nur zu! Meine Sekretärin ist der hübscheste Streikbrecher, den du dir vorstellen kannst!«

*

Die Damen haben sich zum Bridge getroffen, beschäftigen sich aber auch durchaus mit anderen Dingen.
»Ist Ihr Mann eigentlich ein guter Liebhaber?« fragt die eine ihre Partnerin.
»Das können Sie laut sagen«, bestätigt diese. »Seit dreiundzwanzig Jahren hat er dieselbe Sekretärin.«

*

»Und warum wollen Sie geschieden werden?« fragt der Scheidungsrichter.
»Das kann ich Ihnen genau erklären«, antwortet die Ehefrau. »Jedesmal, wenn ich mich auf den Schoß meines Mannes setze, fängt er an, mir einen Brief zu diktieren.«

Als die Ehefrau in das Büro kommt, erwischt sie ihren Mann mit seiner Sekretärin auf dem Sofa. Sie schluchzt auf und sagt: »Das hätte ich nie von dir gedacht, Georg!«
Die Sekretärin springt auf und verschwindet.
Ihr Mann ordnet hastig seine Sachen und meint: »Du darfst dir nichts dabei denken, Liebling. Fräulein Inge hat mich nur gefragt, wie ich dich näher kennengelernt habe. Und anstatt viele Worte zu machen, habe ich es ihr kurzerhand vorgeführt...«

*

Frau Direktor Maus kommt in einem herrlichen Pelzmantel zum Kaffeekränzchen. Alle wundern sich.
»Na, dein Mann hatte wohl einen Anfall von Verschwendungssucht!«
»Nein, ich habe ihn mit seiner Sekretärin erwischt.«
»Aha. Du hast doch aber sicher darauf bestanden, daß sie rausfliegt?«
»Vorerst nicht«, erklärt die Frau Direktor fröhlich, »ich hätte gern auch noch ein Brillantarmband.«

*

Der Chef hat eine neue Sekretärin. Bereits am ersten Tag kommt seine sehr junge Frau ins Büro. Sie mustert die Neue von oben bis unten und sagt dann anzüglich: »Ich hoffe, daß Sie mit Zärtlichkeiten nicht so freigebig sind wie die letzte Sekretärin meines Mannes.«
Die Neue ist fassungslos und stottert: »Wer war denn das?«
Sagt die Frau des Chefs: »Ich.«

*

Der Chef nickt beifällig und sagt dann mit strenger Miene zu seiner Sekretärin.
»Antworten Sie gefälligst, wenn meine Frau Sie fragt, was Sie auf meinem Schoß zu suchen haben!«

WAS IST DENN LOS MIT DIR? HAST DU KONKURS ANMELDEN MÜSSEN?
ACH NEIN. MEINE SEKRETÄRIN HAT MICH MIT MEINER FRAU ERWISCHT.

Dem Chef ist das Ganze wirklich äußerst peinlich.
»Zu dumm, ich weiß wirklich nicht, wie das passieren konnte – die Weihnachtspäckchen sind vertauscht«, sagt er zu seiner Sekretärin, nachdem diese ein Stück Seife aus dem Papier gewickelt hat. »Jetzt hat meine Frau den Brillantring.«

Es sagte die Sekretärin:

»Ihre Frau hat vorhin angerufen. Sie wollte Sie an etwas erinnern, konnte nicht darauf kommen, an was, meinte aber, Sie wüßten schon.«

Die Ehefrau des Abteilungsleiters überrascht ihren Mann im Büro mit der Sekretärin auf seinem Schoß.
Geistesgegenwärtig diktiert er: »Trotz der schweren Krise, in der sich unsere Firma befindet, halte ich die Anschaffung eines zweiten Stuhls für unumgänglich...«

*

Der Chef macht Überstunden und will nicht gestört werden. Die Sekretärin konnte nicht bleiben und wird von einer jungen Angestellten vertreten, die den Auftrag hat, alle Anrufe abzublocken.
Ein gutes Dutzend Telefonate hat sie inzwischen geschickt bereinigt. Jetzt allerdings hängt eine Dame an der Strippe, die sich nicht abwimmeln läßt. Es sei ganz furchtbar wichtig, behauptet sie. »Und außerdem bin ich seine Frau.«
»Wie originell«, die tapfere Beschützerin kichert. »Das sagen alle!«

Der Chef hat sich schon den Kopf zerbrochen, es fällt ihm aber nichts ein.
»Ich möchte meiner Sekretärin etwas zum Geburtstag schenken«, sagt er zu seiner Frau. »Natürlich nur etwas Kleines.«
»Untersteh dich«, empört sich die Gattin. »Laß das gefälligst den Buchhalter machen!«

*

»Sag mal, Albert, ist deine Sekretärin, die du neu eingestellt hast, eigentlich eine hübsche Person?« fragt die Frau des Chefs ihren Mann beim Frühstück.
»Verschone mich damit!« explodiert er. »Es reicht mir schon, daß sie mich den lieben langen Tag fragt, ob *du* hübsch bist!«

*

Großes Firmenjubiläum. Jubel, Trubel, Heiterkeit!
Fragt die Frau des Generaldirektors ihren Gatten: »Du, wer ist eigentlich die überaus hübsche Blondine dort drüben?«
»Das ist meine persönliche Sekretärin.«
Korrigiert die Gattin: »Du meinst wohl: das *war* deine persönliche Sekretärin!«

*

Der Chef kommt nach einer längeren Geschäftsreise wieder nach Hause. Im Schlafzimmer überrascht er seine Frau mit dem Prokuristen seines Betriebes.
Zuerst betretenes Schweigen, dann brüllt der Chef seine Frau an: »Was macht dieser Mensch hier bei dir?«
Trocken kommt die Antwort: »Er arbeitet deine Rückstände auf!«

Der Boß hat eine neue Sekretärin. Eine Dame rauscht ins Vorzimmer und fragt: »Ist der Herr Direktor für mich zu sprechen?«
Die Sekretärin schaut auf und sagt: »Für Frauen mit so einem tollen Busen, wie Sie einen haben, ist der Chef immer zu sprechen.«
»Gut, dann melden Sie mich an. Ich bin seine Frau.«

Es sagte die Mitarbeiterin:

»Ich habe jetzt fünfundzwanzig Jahre für denselben Chef gearbeitet!«
»Ich auch. Nächste Woche feiern wir Silberhochzeit!«

Die hellblonde Sekretärin, die ausnahmsweise mal einen angefangenen Brief in der Maschine hat, sagt zu der Frau des Chefs, die gerade ins Büro gekommen ist:
»Ich freue mich, Sie kennenzulernen. Ich wollte schon lange mal die andere Seite der Geschichte hören.«

HAT DER HERR DIREKTOR MICH DENN NICHT ERWARTET?
NATÜRLICH! – DARUM IST ER DOCH WEGGEGANGEN.

»Im Irrenhaus ist wenigstens der Direktor normal!«

oder

Im Vorzimmer ist der Teufel los

Der Besucher, der zum Chef will, bleibt erschrocken an der Tür stehen.
»Wer schreit denn da drinnen so laut?« fragt er die Sekretärin.
»Das ist unser stiller Teilhaber!«

*

»Ist der Chef zu sprechen?«
»Nein, der mußte heute zum Gericht.«
»Kann ich warten?«
»Wie Sie wollen...«
»Wann kommt er denn wieder?«
»In drei Jahren etwa.«

Es fragte der Kollege:

»Hast du eine Ahnung, warum der Chef so deprimiert ist?«
»Der Umsatz ist während seines Urlaubs um dreißig Prozent gestiegen!«

Die ältliche, aber ungemein zuverlässige Chefsekretärin stört die Aufsichtsratssitzung.
»Verzeihung, die Herren, es scheint aber wichtig zu sein. Wer von Ihnen möchte ans Telefon gehen? Eine Dame verlangt ihr Dukateneselchen.«

*

Die Sekretärin drückt die Sprechtaste zum Zimmer des Chefs und meldet: »Chef, am Telefon fragt ein Herr nach einem Termin, um Sie nach dem Geheimnis Ihres Erfolges zu befragen.«
»Hm – Presse oder Polizei?«

Die Sekretärin stürzt aufgeregt in das Zimmer ihres Chefs.
»Es ist etwas passiert – der Kassierer ist verschwunden!«
Der Chef fährt hoch. »Kontrollieren Sie sofort den Geldschrank!«
Nach einigen Minuten kommt sie zurück. »Tut mir leid, da ist er auch nicht.«

*

Abends trifft sich die Sekretärin mit ihrem Freund.
»Was ist los?« will er wissen. »Du bist ja ganz durcheinander. Hat es Ärger im Büro gegeben?«
»Und ob!« seufzt sie. »Stell dir vor, da habe ich monatelang an der Unterschrift vom Alten geübt, und jetzt gehen wir in Konkurs!«

*

Dem Verwalter eines zwölfstöckigen Bürohauses wird mitgeteilt, der Fahrstuhl mit einem Mann darin sei zwischen zwei Stockwerken steckengeblieben.
Er bahnt sich einen Weg durch die neugierige Menge, tritt an den Fahrstuhlschacht und ruft: »Keine Sorge, Sie kommen gleich heraus. Ich habe schon nach dem Mechaniker geschickt.«
Eine mühsam beherrschte Stimme ruft zurück: »Ich bin der Mechaniker!«

*

Die Sekretärin vertraut dem Abteilungsleiter an: »Heute haben wir wieder jede Menge Binnenpost bekommen!«
»Was soll denn das heißen?« fragt der Chef verständnislos.
»Nun«, erklärt sie, »die Briefe fangen alle an mit: Wenn Sie nicht binnen ...«

»Sie können jetzt nicht zum Chef, Herr Beckmann«, wimmelt die Sekretärin den Besucher ab. »Er hat alle Hände voll zu tun.«
»Ach«, meint Beckmann, »ist der nette Käfer aus der Buchhaltung, die Michaela, denn schon wieder aus dem Urlaub zurück?«

Es fragte der Chef:

»Ist denn auf unsere dritte Mahnung von Meyer & Redlich etwas eingegangen, Fräulein Karsten?«
»Ja, Chef, die ganze Firma.«

Der Chauffeur des Direktors putzt im Schweiße seines Angesichts die Luxuslimousine. Kommt ein junger Mann, gibt ihm einen Brief und sagt: »Bringen Sie den bitte gleich Ihrem Chef.«
Der Chauffeur saust los.
Der Direktor liest und ruft: »Was soll denn das heißen? Hier steht: Glückt es, ist es gut, glückt es nicht, ist es auch gut.«
Der Chauffeur rennt in die Garage, kommt zurück und verkündet: »Es ist geglückt, Herr Direktor – der Wagen ist weg ...«

*

Der Chef bittet den Kassierer zu sich.
»Herr Lutzner, im Safe fehlen tausend Mark«, eröffnet er ihm. »Nur Sie und ich haben einen Schlüssel.« Drohend betrachtet er seinen Angestellten.
»Na schön«, erwidert der Kassierer, »dann legen wir eben jeder fünfhundert Mark in den Safe, und die Sache hat sich.«

Die Sekretärin sollte für die Aufsichtsratssitzung Getränke bereitstellen. Kaum hat die Sitzung begonnen, erscheint sie im Konferenzraum.
»Was wollen Sie denn?« fragt der Vorsitzende gereizt.
Meint sie: »Ich wollte nur überprüfen, ob alle Flaschen da sind.«

*

Die Sekretärin versucht es auf vielerlei Art. Zuerst streichelt sie dem Chef die Hand, dann fährt sie ihm durch das schüttere Haar, endlich bringt sie ihm einen Whisky, setzt sich auf seine Knie, schmiegt sich an ihn. Dem Gewaltigen ist kein Wort zu entlocken.
»Was ist nur mit Ihnen los?« fragt sie. »Haben Sie Kummer?«
»Kummer nicht direkt«, murmelt er, »aber mein Geschäftsfreund hat sich heute erschossen. Damit hat er auch mich getroffen.«
»Wieso?«
»Er schuldete mir noch hunderttausend Mark.«

*

Im Büro ist ein dicker Fehler gemacht worden. Wütend faucht der Vertriebschef seine Assistentin an: »Sind Sie nun verrückt, oder bin ich selbst verrückt?«
»Aber, Herr Grimme«, erklärt sie zuversichtlich, »Sie werden doch wohl keine verrückte Mitarbeiterin beschäftigen!«

*

»In Ihren Geschäftspapieren herrscht große Unordnung«, erklärt der Buchprüfer. »Haben Sie eine Übersicht, welche Rechnungen bezahlt sind und welche nicht?«
»Aber natürlich, sogar eine einwandfreie«, versichert der Buchhaltungsleiter. »Die Rechnungen sind alle nicht bezahlt.«

IST DER CHEF SCHON VON SEINEM MORGENRITT ZURÜCK?
ER WIRD SICHER BALD ZURÜCKSEIN. SEIN PFERD IST JA SCHON DA.

Dem Chef gehen die Nerven durch.
»Zum Verrücktwerden!« tobt er. »Dieser Betrieb ist ein Irrenhaus!«
Meint die Sekretärin kühl: »Ein feiner Unterschied besteht. Im Irrenhaus ist wenigstens der Direktor normal!«

Es verkündete der Chef:

»Meine lieben Mitarbeiter, wie Sie wissen, standen wir im vergangenen Jahr vor einem Abgrund – aber dieses Jahr sind wir einen Schritt weiter…«

»Kann ich Ihren Chef sprechen?« fragt der Vertreter die Sekretärin.
»Das ist leider nicht möglich.«
»Es wäre nur für zehn Minuten.«
»Bedaure.«
»Bitte fragen Sie ihn doch einmal. Es ist sehr dringend.«
»Tut mir leid, aber er ist gestern unerwartet verstorben.«
»Aber ich bitte Sie, wenigstens drei Minuten wird er doch noch erübrigen können.«

*

Der Firmenchef hat eine unangenehme Unterredung mit seinem schärfsten Konkurrenten.
»Herr Direktor, wir sind von Ihrer Firma nach allen Regeln der Kunst hereingelegt worden!« bekommt er vorgeworfen.
»Ja, es scheint leider zu stimmen«, bestätigt der Firmenchef, »und ich kann Ihnen versichern, daß der Schuldige sofort entlassen wird!«
»Wirklich?« freut sich der Konkurrent. »Dann kann er ja gleich bei uns anfangen!«

Mit Mitleid in der Stimme meldet die Sekretärin: »Ihr Teilhaber hat eben telegrafiert, Herr Direktor. Sie sollen ihm die Wahrheit, die reine Wahrheit schreiben. Er möchte wissen, wie es mit seiner Einlage steht, und die Bilanz will er auch sehen.«
»Hat man Worte!« Der Chef schüttelt ärgerlich den Kopf. »Was will dieser Mensch nun eigentlich: die Wahrheit oder die Bilanz?«

*

»Entschuldigen Sie«, sagt der Besucher aufgebracht zur Chefsekretärin, »hat der Herr Direktor mich denn nicht erwartet?«
»Aber natürlich hat er das!« erklärt die Sekretärin strahlend. »Warum hätte er denn sonst weggehen sollen?«

*

Brummig kommt der Chef ins Büro.
»Hat es irgendwelche wichtigen Anrufe gegeben?« fragt er.
»Ja, eine ganze Menge«, sagt die Sekretärin.
»Wer?«
»Die waren alle für mich.«

Es schrieb die Firmenleitung:

Natürlich garantieren wir in unserer Anzeige: Geld zurück, wenn nicht hundertprozentig zufrieden. Aber wir sind durchaus hundertprozentig zufrieden!

Der Buchhalter erkundigt sich bei der Sekretärin: »Ist der Chef schon von seinem Morgenritt zurück?«
»Nein«, erwidert die junge Dame, »aber es kann nicht mehr lange dauern – sein Pferd ist schon wieder da!«

Sekretärin: »Im Vorzimmer ist ein Herr, der Sie dringend zu sprechen wünscht.«
Chef: »Sie wissen doch, daß ich momentan keine Zeit habe. Er soll warten. Bieten Sie ihm einen Stuhl an!«
Sekretärin: »Das habe ich schon getan. Er will aber alle haben.«
Chef: »Der muß ja verrückt sein!«
Sekretärin: »Nein. Es ist der Gerichtsvollzieher.«

Es fragte der Abteilungsleiter:

»Warum brüllt der Chef denn schon wieder so entsetzlich?«
»Er spricht mit New York.«
»Na schön, und warum benutzt er da nicht das Telefon?«

Die Sekretärin meldet: »Ich glaube, Chef, Sie werden am Telefon verlangt.«
»Was heißt, Sie glauben?« schnaubt der Boß. »Wünscht man mich nun oder nicht?«
»Na ja«, die Sekretärin ist etwas verlegen, »der Anrufer fragt, ob der alte Trottel schon im Büro sei.«

*

Der Firmenchef hat in der Buchhandlung eine Ausgabe des Strafgesetzbuches bestellt. Als das Exemplar endlich da ist, schickt der Buchhändler seinen Lehrling zu der Firma hinüber, um das Buch abzuliefern.
Nach einer Weile kommt der Lehrling mit dem bestellten Strafgesetzbuch zurück und erklärt dem Buchhändler: »Zu spät, der Chef sitzt schon!«

Die Sekretärin betritt das Büro des Generaldirektors und hält einen Brief in der Hand.
»Herr Generaldirektor, unsere Filiale in der Sahara schreibt, daß sie dringend Wasser brauchen.«
Der Direktor flucht. »Unsinn! Die wollen nur wieder unsere Kosten hochtreiben. Wassermangel haben die immer.«
»Diesmal scheint es aber besonders schlimm zu sein.«
»Wieso?«
»Die Briefmarke ist mit einer Sicherheitsnadel auf dem Umschlag befestigt.«

Knaur

[2770]

[2768]

[2769]

[2771]

Weitere geplante Bände:
Die 300 besten Autofahrer-Witze, Büro-Witze, Ehe-Witze, Graf Bobby-Witze, Horror-Witze, Irren-Witze und Männer-Witze!

Noch mehr Witze!

0,50 €

Knaur

Bloomingdale, Teresa
Kinder, Kinder!
Teresa Bloomingdale, Mutter von zehn Kindern, erzählt hier alltägliche, verrückte und herzerfrischende Geschichten aus dem Alltag ihrer großen Familie. 288 S. [1242]

Bohn, Heinrich von
Seine Durchlaucht – mein Hund
Flexi ist ein Rauhhaardakkel, wie er im Buche steht: frech, ungehorsam, eigensinnig. Ein Lesespaß nicht nur für Hundebesitzer. 240 S. [1285]

Denuzière, Maurice
Wenn der Hund sich ein Herrchen nimmt
Als Felix von Freunden der Boxerhund Nero anvertraut wird, ahnt er noch nicht, daß dieses eindrucksvolle Tier sein Leben durcheinanderwirbeln wird...
Ca. 144 S. [1493]

Fabel, Renate / Fischach, Hans
Molly im Glück
Heitere Memoiren einer Familienkatze.
Glauben Sie bloß nicht, daß Tiere nicht schreiben und denken können! Der Beweis: diese »heiteren Memoiren einer Familienkatze«, die – restlos von sich überzeugt – ihre kleinen und großen Abenteuer als Mittelpunkt einer Familie schildert.
96 S. mit s/w-Abb. [1260]

Heim, Peter
O Gott, diese Familie
Vor den Toren von München lebt der Arzt Dr. Paul Rapp mit seiner Frau Ulli und seinen Kindern. Heitere und ernste Erlebnisse gestalten den Alltag dieser Familie nie langweilig. 160 S. [1501]

Lang, Othmar Franz
Alle Schafe meiner Herde
Mit gewöhnlichen klerikalen Maßstäben ist er nicht zu messen, der Pfarrer Michael Daun. Dabei hat dieser beherzte Mann Gottes nichts weiter im Sinn, als das Christentum etwas fröhlicher zu gestalten.
192 S. [1296]

Wolf, Klaus-Peter
Waffeln mit Ketchup – Die Kleinfamilie bekommt Zuwachs
Sieben Geschichten von einem entnervten Schriftsteller, seinen rotzfrechen Töchtern, seiner emanzipierten Frau und ihren merkwürdigen Freunden.
160 S. [1406]

Rock'n'Roll und Reihenhaus
Mit Witz, Selbstironie und Sinn für Situationskomik beschreibt Wolf den Alltag einer Kleinfamilie, in der die Elternrolle nach neuen Gesetzen verteilt ist, aber die Probleme meist die alten sind. 144 S. [1246]

Stein, Florian
Vergebliche Liebesmüh'
oder Die Kunst, zu zweit und trotzdem glücklich zu leben. 112 S. [1423]

Heitere Romane